パレット文庫

Sでごめんね♥

南原　兼

小学館

●夕月・ヘミングウェイ

ゆづき・へみんぐうぇい

花月の後を追いロスから紫《し》紺《こん》学園に転入した、年季《ねんき》の入ったS。ブラコン卒業を決意したとたん、危険な香り満点の涼音に遭遇《そうぐう》。奴隷の一人にするつもりが、本気の愛を感じて…♥

Sでごめんね♥ 主な登場人物

イラスト／こうじま奈月

●桜小路涼音

さくらこうじすずね

王子様のように麗《うるわ》しい、黒髪長身の大学生。露天風呂で出会った夕月に惹《ひ》かれる。夕月も悔《くや》しがるほどの天然のSで、夕月の身と心をキチクに翻弄《ほんろう》する!?

滝岡疾風●

たきおかはやて

祐介の義理の弟で恋人。やんちゃな性格。剣道部部長。

●瀬名祐介

せなゆうすけ

紫紺学園の生徒会長で、夕月と花月の従兄弟《いとこ》。疾風にぞっこんラブ。

花月・●ヘミングウェイ

かづき・へみんぐうぇい

夕月が、微妙な想いを寄せつついじめていた双子《ふたご》の兄。夕月と共に祐介の家に居候《いそうろう》。剣道部所属。

●塚原竜司

つかはらりゅうじ

花月の恋人で、疾風の親友。剣道部副部長。

もくじ

Sでごめんね♥

TRAP★1〔ゴージャスな奴隷《どれい》候補★〕

「はぁぁ、がっかり。ハーレムな夜になると期待してたのになぁ」

マイナスイオンをたっぷり含んだ甘い風に優《やさ》しくくすぐられて、赤や黄色に染《そ》まった木の葉が青い空をバックに揺れている、秋の早朝の温泉宿…。

近くの渓流《けいりゅう》から聞こえてくる涼しげな水音に混じって、コポコポと温泉の湧《わ》き出る音が、心地よいハーモニーを奏《かな》でている。

そんなすがすがしい空気の漂《ただよ》う石の敷かれた小道を、夕月《ゆづき》・ヘミングウェイは、もやもやした気持ちをかかえながら、一人、露天風呂《ろてんぶろ》へ向かって歩いていた。

双子《ふたご》の兄である花月《かづき》のあとを追って天使の街ロサンゼルスからやってきて、いまは従兄弟《いとこ》である瀬名祐介《せなゆうすけ》とその義理の弟の滝岡疾風《たきおかはやて》の住むマンションの一室に居候《いそうろう》中の夕月だ。

かなり年季《ねんき》の入ったブラコンなのは、もちろん本人も自覚していて、今回も花月と疾風の所属している剣道部の温泉合宿に、祐介とともに乱入したまではよかったが…。

「心も体も寒いです…」

思わずそうつぶやいて、夕月は、浴衣《ゆかた》と羽織《はおり》だけしか着ていない細身な自分の体を抱きしめる。

祐介は、夕月と二人でとった部屋に鍵《かぎ》をかけて、疾風と閉じこもってしまったし、疾風と同室の花月は、疾風たちの幼馴染《おさななじ》みで同じ剣道部の塚原竜司《つかはらりゅうじ》と水入らず。

行き場をなくした夕月は、剣道部の後輩たちに誘《さそ》われて、とりあえず彼らの部屋にＶＩＰ待遇で泊《と》まることになったのだが。

「やっぱりお子ちゃまたちが相手じゃ、グルメでグルマンな僕は、全然満足できないのであった」

海外で生まれ育ったわりには日本語の達者な夕月だが、さすがに完璧《かんぺき》というわけにはいかず、微妙《びみょう》な物語口調で危険な台詞《せりふ》を洩《も》らしながら、ふたたびため息を洩らした。

「ほんと、精進《しょうじん》料理以下…っていうか、断食《だんじき》修行中の僧《そう》の気分」

ブラコン卒業を決意した寂《さび》しい心と体を、後輩たちが熱く激しく慰《なぐさ》めてくれると期待していたのに…。

純情な彼らは、夕月を遠巻きに囲んで、お互いに牽制《けんせい》し合うばかりで…。誰一人として、夕月に積極的に迫ってくる勇気のある者はいなかったのである。

さりげに浴衣の裾《すそ》をはだけて誘ってみせても、頬《ほお》を染めて、目配《めくば》せし合うだけ。

「カチカチの日本男児たくさんを一度に相手して、僕、壊《こわ》れないかと心配してたのに」

そんな心配など、まったく無用で。

結局、有名人のファンクラブの集《つど》いよろしく幾つかの質問に答えて、「おおーっ」とか「ほほぉ…」とか過剰に反応された末に、皆とは少し離れた場所に二枚重ねで敷かれた寝床《ねどこ》を進呈され、朝まで何事もなく過ぎたというわけだった。

「誰か一人くらいは、夜這《よば》いしてきてもいいでしょうに…」

もちろん、自分に魅力がないせい？　…などとは、露《つゆ》ほどにも思ってはいないけれど。

「あれだけ出血大サービスでお誘いモード全開にしてやったにもかかわらず、我慢できずに襲《おそ》いかかってくる奴《やつ》が誰もいないって、ほんと…、ありえないです」

ブラコン卒業キャンペーン中につき、特別に厳しい審査なしで奴隷《どれい》にしてやってもいいとまで思っていたのに。

残念極《きわ》まりない。

「紫紺《しこん》学園の剣道部に、未来はないね」

腹立たしげに決めつけると、夕月は、冷め切った心と体をあたためるために、露天風呂へと向かう足を速めた。

「おや？　先客ありですね」

露天風呂の薄暗い脱衣所の中に足を踏み入れた夕月は、棚《たな》に並んでいる竹カゴのひとつに、きちんとたたまれた浴衣と羽織の入ったカゴがあるのに気づき、キラリと瞳《ひとみ》を光らせながら、そのとなりのカゴに、脱いだ羽織を投げこんだ。

『紅葉の温泉宿。早朝の露天風呂で芽生《めば》える危険な恋！』

そんな煽《あお》り文句《もんく》が、一瞬ひらめくが…。

「いやいや。惰眠《だみん》もむさぼらず、こんな朝早くから入浴に来るなんて、高嶺《たかね》の花すぎて誰にも手を出してもらえない僕みたいな美少年か、眠りの浅い翁《おきな》くらいのものでしょう」

日本昔話の絵本で見た竹取《たけとり》の翁（つまり、かぐや姫を見つけたお爺《じい》さん）の姿を、脳裏《のうり》に思い浮かべ、夕月は深いため息をつく。

「いいんです。僕はいま、恋愛運最悪っぽいから。期待なんかしませんよ」

負《ま》け惜《お》しみをつぶやきながら、ふと…となりのカゴを覗《のぞ》くと、浴衣の横に下着らしい黒いものが見えた。

「うん…？　これは…っ」

迷わず指先でひっかけて、目の前にかざすと、それはなんとシルクのTバック！

「なんだか危険な恋のにおいがしますっ」

下着にまで甘いコロンの香りをさせている男が、安全な男であるわけがない。

それもTバックなんてものを穿《は》いているからには、相当遊んでいるにちがいない。

「あぁ、まずい。テンションあがってきました…」

恋に慣《な》れた男を、奴隷にする。

夕月のもっとも好むシチュエーションだ。

「日本の遊び人、僕の奴隷コレクションに、ぜひとも加えたい」

ちらつく裸《はだか》電球の下で、夕月は、誰のものとも知らない黒いシルクのTバックをぎゅっと握りしめながら、決意表明をする。

「おっと、こうしちゃいられない」

それこそ、翁とか小うるさい早起きのガキとかに邪魔《じゃま》される前に、奴隷の印のひとつも刻《きざ》みこんでやらなければ。

いわゆるキスマークというやつだけど…。

興《きょう》がのれば、歯形もサービスしてやってもいい。

夕月はすばやく全裸《ぜんら》になると、『ご自由にお持ちください』と貼《は》り紙のあるカゴの中から、タオルを一枚つかみあげ、くもりガラスの引き戸を開ける。

しかし、そこはまだ露天ではなく、屋根のある岩風呂で。

夕月は、『ここで体を洗って、露天風呂へお入りください』と注意書きがあるのを見て、逸《はや》る心を抑《おさ》えつつ、仕方なく体を洗う。

「昨夜《ゆうべ》は、汚れるようなこともなーんにもなかったので、体も簡単に洗うだけですむので、ラッキーでした」

皮肉まじりにひとりごとを洩らすと、夕月はそそくさと立ち上がった。

そして、濡《ぬ》れた体を軽く拭《ふ》き、タオルを腰に巻いて、木戸《きど》を押す。

「いざ、ゆかん。快楽のシャングリラへ」

握りしめた片手のこぶしを振り上げると、夕月は、立ちのぼる湯気のせいで靄《もや》のかかった露天風呂に、意気揚々《ようよう》と乗りこんでいった。

「うわっ、これはちょっと涼しすぎっ」

浴衣と羽織を着ていても身震いしてしまったくらいだから、この時期のこの時間に全裸で屋外は、かなり厳しい。

お湯に浸《つ》かってしまえば問題ないのだろうが、素肌《すはだ》にいきなり冷たい外気がまとわりついて、夕月は思わず身を震わせた。

「これでは、ホットになる前に、確実にキャッチ・コールドですね」

(奴隷狩りは諦《あきら》めて、このまま屋内風呂にユーターンするべきなのでは?)

一瞬そんな考えが脳裏をよぎったが、せっかくおいしい奴隷が目の前に用意されているというのに、味見しないで戻るのはもったいない。

「仕方ない。これもグルメな猫科《ねこか》のさだめ。獲物《えもの》を狩るためなら、たとえ火の中、水の中」

そう自分に言い聞かせて、歯をガチガチ言わせながら、夕月は濡れた岩の上を用心しつつ前進し始めた。

ところが、前方で突然バシャンと激しい水音がする。

「これは奇《き》っ怪《かい》な。そこにおいでのどなたか…、なにかありましたか?」

声をかけるが、返事はない。

しかし、代わりに、今度はお湯をザバザバとかきわける音が聞こえてきた。

「ホワット? まさか、露天風呂でスイミング?」

（ということは、お子様？）

早朝から子供がひとりで入浴とは。

（アンビリーバボ！）

夕月は胸の内で叫んで、首をかしげる。

だが、すぐに、脱衣所に残されていた黒いシルクの下着がフラッシュバックのように脳裏によみがえって、いやいやと首を横に振った。

（さすがに、お子様がシルクのTバックは穿きますまい）

きっと遊び人のナイスガイが、早朝で周囲に誰もいないのをいいことに、童心に戻って、一人でお湯と戯《たわむ》れているのだろう。

（子供のように清らかで無邪気《むじゃき》な心を持った方なのですね？　なのに、体はセクシーダイナマイト？　素敵《すてき》です…）

期待に胸を高鳴らせつつ、夕月は、一寸先さえも真っ白で見えない濃《こ》い靄を左右にはらいのけながら、さらに先へ進んでいった。

とはいっても、モーゼの十戒《じっかい》の如《ごと》く、靄が夕月のために、親切に道を開けてくれるわけではない。

「あっ」

しまったと思った瞬間にも、もう遅くて…。

夕月は、濡れた岩の上で、ずるっと足をすべらせてしまっていた。

（さすが、『お肌つるつるすべすべになります』が売りの温泉だけあって、足元の岩もつるつる！）

などと、感心している場合ではない。

腰と背中、下手《へた》をすると頭までも強打？

数秒後に我が身にふりかかるであろう惨事《さんじ》を想定して、思わず目を閉じた夕月だったが…。

天の助けか、予想していた哀《かな》しい出来事はなにひとつ起きず、誰かのあたたかな胸が夕月をしっかりと抱きとめてくれた。

「どなたか存じませんが助かりました」

礼を言って、支えてくれた恩人を振り返った夕月は、大きく目を見開く。

「あなたは…」

背の高いその人物を見上げた途端《とたん》、夕月は、あぁっ…と声をあげそうになった。

（王子様…？）

ではなくて…。

夕月を見下ろしている優しいおもざしのその人は、奴隷という名の美しい獲物。

「すまないっ。てっきりここは男風呂だとばかり。すぐに出ていくから、許《ゆる》してほし…い。

え？　ええっ？」

夕月に向かってなぜか必死に謝《あやま》り始めた男は、途中でハッとしたように口を噤《つぐ》む。

男が黙ってしまった理由は、夕月にも見当はついた。

おそらく、長身の男の太腿《ふともも》に当たっている夕月の股間《こかん》のものに、気づいたせいだ。

「あの…。きみ、男なの？」

「オー、イエス。お察しのとおり、僕は、ガールじゃなくてボーイです」

夕月は、温泉でほかほかとあたたまっている相手のあたたかな体にむぎゅっと抱きつき、自分の男の証《あかし》をグイグイと押しつけながら、正直に答える。

すると、ギュンと反《そ》り返った男のものが、夕月の柔肌《やわはだ》に勢いよく喰《く》いこんできた。

「うわお…」

「あ、これは…」

うろたえてとっさに体を離そうとする男に、夕月はなおさらきつく抱きつきながら、うっとりと瞳を潤《うる》ませる。

(なんてゴージャスな…)

おなかに当たっている男のご立派なものが、すでに興奮状態なのを知って、夕月のそれもすっかり熱くなってしまう。

(第一次審査は、合格)

夕月は満足げにうなずく。

体に関しては、百点満点中、二百点あげてもいいくらいだ。

（この抱かれ心地、激しく好み）

色気のある低くて甘い声も、文句なし。

となると、問題となるのは、あとは顔と知性と性格だ。

夕月は、相手を値踏《ねぶ》みするように、厳しく瞳を光らせる。

ブラコンさよならキャンペーン中なので、少々なら妥協《だきょう》できる…とは思っていたけれど、こうなったら、やはり最高の奴隷を手に入れたい。

（花月の代わりになる相手なんて、そう簡単には見つからないとは思うけどね）

そう。夕月の双子の兄の花月は、方向音痴《おんち》で武士道に憧《あこが》れる困ったちゃんだが、美しくて、気障《きざ》な上に大変手のかかる、いいM（マゾ）っこ具合なのである。

面倒見甲斐《がい》があるし、いじめ甲斐もある。

（怯《おび》える顔と声が、また…たまらないんだよね）

花月のことを考えると、またしても手放すのが惜《お》しくなってくる。

（いや、いけない。ブラコンは卒業すると決めたのだから）

ビクビクされるのは好きだが、本気でうっとうしがられるのは、真のSっ子的には許せないのである。

（求められてこそ、がんばれるというもの…）

しかし、相手は誰でもいいというわけじゃない。

転入した紫紺学園の高等部で『僕にいじめられたい子、この指とまれ』と、ちょっと募《つの》りさえすれば、いくらでも奴隷候補が集まるのはわかっていたけれど。

花月の代わりに心の隙間《すきま》をうめてくれる相手は、そう簡単には見つからないだろうということもわかっていた。

(パートナーは、真剣に選ばなければ)

今回旅先の温泉ということもあって、ちょっぴり浮かれ気味だったが、案《あん》の定《じょう》昨夜の狩りは失敗している。

でも、今回は？

いや、S心をそそる好みのいい男が、そうそう転がっているはずがない。

(期待しすぎないほうがいいね…)

そう自分に言い聞かせながら、助けてくれた男を再度見上げた夕月だったが。

(あぁっ、やっぱり眼鏡《めがね》っ子はいいっ！)

もろに、好きなタイプの直球ど真ん中だ。

夕月は、胸もあそこもドキドキさせながら、細い黒フレームの眼鏡をかけた男の整った顔を見上げた。

(頭も良さそう…)

夕月は、容姿端麗《ようしたんれい》、頭脳明晰《ずのうめいせき》、スポーツ万能の三拍子そろった男が大好きだったりする。ただし、もうひとつ、それでいてMっ子に限るという厳しい条件が追加されるわけだが。

男は湯気で白くなったレンズ越しに夕月を見おろし、やっと眼鏡が曇っていることに気づいたのか、あわてて指で表面をぬぐった。

「うわわ、やっぱり女の子…」

顔を見るなり、またあわてて体を引こうとする相手の腕を、夕月はしっかりとつかまえる。

「ノーノー」

夕月は男の手首を握って、少し柔らかではあるがふくらみのない自分の胸を、そっとさわらせた。

そして、その手を下のほうへスウ…ッとひっぱりおろし、今度はふくらみのある股間へと導く。

相手の大きな手がビクッと震えるのが、また快感で、夕月は久々にとても幸せな気持ちになりながら、うっとりと男を見上げた。

「ね？」

「あ、う、うん」

男は、あせって手をひっこめながら、おずおずとうなずく。

「きみがあまりにも美人だから、てっきり…」

ストレートな褒《ほ》め言葉に、夕月はまたしてもハートをわしづかみにされる。

女の子に間違えられるのは赤ん坊のころからだし、誤解を招く容姿なのを特に嫌だと思ったことはないから、男の言葉は少しも迷惑じゃない。

むしろ、男らしいとかハンサムだとか言われるほうがむずがゆい。

それも、男として、問題ありなのかもしれないが、夕月はそんな自分になにも不都合など感じていなかった。

「僕、正直な人は、嫌いじゃないです」

夕月がにっこり笑うと、男は照れたように、長い指の先で眼鏡を押し上げ、位置を直す。

爪《つめ》の形もよくて綺麗なのを、当然夕月は見逃しはしない。

「僕は、夕月。夕べの月と書いて、ゆづき。あなたは？」

自己紹介すると、相手は一瞬戸惑《とまど》いつつも、自分の名を告げた。

「私は、桜小路《さくらこうじ》涼音《すずね》。涼しい音と書いて、すずね、だ」

「涼音？　なんだか夕月と相性よさそうですね」

夕月が言うと、涼音は眼鏡の奥で切れ長の目をまたたかせ、「たしかに、そうだな…」とうなずいた。

そのへんのギャル男くんみたいな「マジよさげじゃん？」「これも運命〜？」なんてノリではなく、控えめで知的なリアクションがまた、夕月の心の琴線《きんせん》を涼やかに揺さぶる。

心はほんわか熱っぽいけれども、冷たい朝の空気に体温を奪われまくりの体のほうはそうはいかない。

身震いして、両腕で自分の体を抱きしめた夕月は、眼鏡越しの涼音の視線が、交差させた腕の上あたりにあるピンク色の小さな突起に注がれているのを抜け目なくチェックした。

「あっ、ごめん」

自分をじっと見つめている夕月に気づいて、涼音はあわてて視線をそらす。

(いやらしいTバックなんか穿いてるくせに、純情〜っ!)

夕月はますます涼音に興味をいだいて、逃がすまいと腕を引いた。

「まさか、もうあがろうなんて思ってるわけじゃないですよね?」

「え? あ、その…。うん…」

眼鏡の奥のまなざしを泳がせてうなずく涼音の、期待どおりの反応に、胸を躍《おど》らせながら、夕月はすかさずその腕にしがみつく。

「せっかくこうやって名乗りあったことだし、一緒にあったまりませんか?」

「しかし…」

「裸のおつきあい…いかが?」

意味深な言葉で誘うと、夕月は、逃がしはしないとばかりに涼音の腕に体をすり寄せた。

「ね? 急いでるんじゃなければ…」

「別に、急いではいないけど…」

優柔不断《ゆうじゅうふだん》に戸惑うところも、夕月好みだ。

いまはまだ出会ったばかりだから、責めて怯えさせたりはしないけれど、もしおつきあいすることになったら、ビシビシきつくなじってやるのも楽しそう…。

そんなことを考えながら、夕月は、腕にぶらさがるようにしながら、涼音を岩風呂の中に引きずりこんだ。

「わ、熱いっ」

プールではないので準備体操は省《はぶ》いて、いきなり中へすべりこんだ夕月の、冷えきった肌をミルク色のお湯がピリッと刺激する。

「あぁ、最初だけだよ。慣れると、まろやかな肌触りになるから」

そう教えられて、夕月は、お湯の中でちょっとしたベンチっぽくなっている岩に、涼音と並んで腰をおろす。

慣れなくても充分にまろやかな触れ心地の涼音の肌に、ぴったりと体をくっつけながら、しばらく我慢していると、たしかにピリピリと刺すような刺激《しげき》は感じなくなってきた。

「涼音さんの言ったとおりだ」

「うん。このお湯は、天然の温泉に真珠《しんじゅ》の粉をまぜてあるらしいよ」

「真珠…？　パールかぁ…。それでこんな色をしてるんだ？」

お湯のおもてに顔を近づけると、不思議《ふしぎ》と甘い香りがする。

「真珠って、甘いんですね？」

夕月がつぶやくと、涼音は、優しい声で笑った。

「きみの体のほうが甘そう…」

「え？」

夕月は、ビクリと顔をあげる。

なんとなく不器用そうな涼音が、そんな口説《くど》き文句《もんく》っぽい台詞《せりふ》を口にするとは、想像もしていなかったからだ。

「あ、ごめん。なにか失礼なこと言ったかな？」

「そんなことはないけど…」

夕月は、顎《あご》までお湯に浸かって、両手で自分の膝《ひざ》をかかえる。

だが、次の瞬間、体勢を崩《くず》して足をすべらせ、溺《おぼ》れそうになってしまった。

「大丈夫《だいじょうぶ》かい？」

すぐに涼音の腕が伸びてきて、夕月を抱き寄せてくれる。

「そこ、すべるから気をつけて…って、ちょうど言おうとしたところだったんだけど」

「あっ、もしかして」

涼音の首に両腕でしがみつきながら、夕月は訊《き》く。

「さっき、バシャン、ザバァッて音がしたのは…」

「あ、あぁ。…恥ずかしながら、私もさっき溺れかけて」

「あなたも？」

　180センチはゆうに超《こ》えていそうな涼音までが、溺れかけるとは…。

「でも、なぜ？」

「いや…。靄《もや》の切れ間に、きみの白い足が見えて、てっきり女湯に間違えて入ったと思ってしまって。あわてて立ち上がろうとしたら、足をすべらせて…」

　それを聞いて、夕月は、ふふふ…と笑う。

(眼鏡っ子の上に、ドジっ子なんて、超…僕好み)

　こうなっては、なんとしても手に入れたい。

　だが、しかし、いくら夕月がそのつもりでも、相手にその気がなければ、面倒なことになるのは必至だ。

　肌を密着させても、嫌な顔をするどころか、ご立派なものを硬くしているくらいだから、脈がないわけではないと思うが。

「ここには、一人で？」

「いや。あ…っと、結果的には、一人かな？」

　涼音はごまかすように、ハハハと笑う。

「もしかして、恋人と来る予定だった？」

夕月が突っこんで訊くと、涼音の笑い声は次第に弱々しくなった。

「実はその予定だったんだけど」

「寸前で喧嘩《けんか》したとか？」

「喧嘩…っていうんじゃないけど」

相変わらず、あいまいに答えると、涼音は黙ってしまった。

「言いたくないなら、無理には聞きません」

本当は根掘《ねほ》り葉掘《はほ》り聞きたかったのだが、夕月は理解のある人間を装《よそお》う。

すると、涼音は小さくため息をついて、さらに深みのあるくっきりとした青に変わりつつある空を見上げた。

「一方的に振られた」

「ええっ？　あなたみたいなイイ男を振るなんて、バカですか？　その男」

とっさに本音が口から洩れる。

まだ涼音はその相手のことが好きかもしれないのに。

「すみません」

涼音が、切れ長の瞳を見開いて、じっとこちらを見つめるのに気づいて、夕月はあわてて謝罪《しゃざい》した。

「事情もわからないのに、言い過ぎました」

「いや。ありがとう…」

涼音は、ほんのり目もとを染めて、夕月から視線をそらす。

「ただし、相手は、男じゃなくて女性なんだけどね」

「あっ！」

すっかり相手もご同類だとばかり思いこんでしまっていた。

「そうですよね。失礼しました。僕、なぜ勘違《かんちが》いなんて…」

「もしかして、これのせい？」

涼音はいきなりお湯の中で夕月の手首をつかむと、勢いよく天を向いている立派なものを握らせる。

「…っ！」

（うそっ。大胆っ！）

真面目《まじめ》で気弱そうに見えたのに。

（やるときは、やるタイプ？）

ドクンドクンと脈打つ涼音のものを、震える手で、…それでもしっかりと握りしめながら、夕月は自分の胸もドクンドクンと騒いでいるのに気づいた。

（これは…本格的に、恋の予感…）

花月もMっ子のくせして、変に大胆なところがあって、ブラコンの夕月にとっては、そんな意外性もまたツボだったりして。

おまけに…。

(握り心地も最高に好みかも…)

手ざわりも硬さ具合も、しっくり馴染《なじ》む感じだ。

(ついに僕にもステディが?)

幼いころからずっと大切にしていた花月への執着《しゅうちゃく》を、手放す決意をしたおかげなのだろうか?

(そんな僕への、神様のプレゼント? そういえば、今日は僕たちのバースデイだ)

花月と一緒に祝おうと思って、わざわざ合宿先まで追いかけてきたのだが。

(きっと花月は、リュージから祝ってもらってるね?)

そう思うと、夕月の胸はチクンと痛む。

まだ完全にブラコンを卒業できたわけではないらしい。

ため息をつきながらまなざしをあげると、いつのまにか夕月をじっと見つめていたらしい涼音と目が合ってしまった。

視線がぶつかった拍子に、バチッと火花が飛び散った気がして、夕月の胸は、またしても激しく騒ぎ始める。

見つめ返したつもりが、にらんでしまったように見えたのか、涼音はハッとした様子で、夕月の手首をつかまえている自分の手を、あわててひっこめようとした。

「すまない。男の子のきみに興奮してしまうなんて…」

自分の破廉恥《はれんち》な行動に、涼音はひどく驚いているようだ。

「信じてもらえないかもしれないけど、こんなことは初めてなんだ」

夕月は、片手に涼音のものをぎゅっと握りこんだまま、もう片方の手で、ひっこめられかけた大きな手を、逆《ぎゃく》に握り返した。

長い指に自分の指をからませながら、夕月は小さく首を振る。

「ノープロブレム。僕もあなたに興奮してます」

そう告白すると、夕月は涼音のものよりは華奢《きゃしゃ》な自分のものの上に、涼音の手を導いた。

「お互い様ですね」

「夕月くん…」

耳もとで名前をささやかれ、夕月の体は、カァッと熱くなる。

思わず、涼音を握っている指に力をこめると、涼音の指も我慢できないというように、夕月のものに巻きついてきた。

「…ぁっ、やっ」

自分で握るのとは明らかに違う感触に、夕月はビクンと腰を震わせる。

「ごめん…。いやだったら、そう言ってくれ」

掠《かす》れた声で涼音は言うと、夕月のものを握った手を優しく上下に動かし始めた。

「んっ、だめっ」

夕月がとっさに腰を引くと、落胆したように涼音の手が離れる。

「そう…、だめだよね。きみの気持ちも考えずに、悪いことをした…」

「悪くない。だめじゃないっ」

夕月は大きく首を振ると、欲情して潤《うる》んだ瞳で涼音を見つめた。

途端、端正な美貌《びぼう》が目の前に近づいてきて、涼音の眼鏡の縁《ふち》が夕月の顔に軽く当たる。

「…?」

なにが起ころうとしているのかを尋《たず》ねる前に、夕月は解答を知ってしまった。

「ん…」

柔らかすぎず、硬すぎず、ちょうどいい触れ心地の唇《くちびる》が、夕月の唇に重なってくる。

ちゅくっとついばむようなキスのあと、濡れた大きな手に頭のうしろを支えられ、今度は舌の根っこまでディープに貪《むさぼ》られる。

「んぁっ」

(すごすぎる…)

キスだけで、こんなに感じてしまうものだなんて、初めて知った。

こんなにキスもうまくて、ビッグなものを持っている男を、振る奴がいるなんて、信じられない。

性格だって、よさそうなのに。

(ならば、いったいどんな理由が？)

気になるけれども、涼音の思いがけない巧《たく》みなベロテクのせいで、すぐになにも考えられなくなる。

そのあいだにも、涼音の手は、夕月のものを情熱的にさすりあげていて…。

お返しに涼音も気持ちよくさせてやろうと思うのに、感じすぎて、手にまったく力が入らない。

涼音には悪いと思ったが、結局お返しは諦めて、両腕を涼音の首に巻きつける。

「んっ、ん…っ」

「いいの？」

吐息混じりのセクシーな声が、夕月の耳もとを濡らす。

「イエス、イエス！　もう…だめっ。僕、カミング・スーン」

「ちょっと待って！」

お湯の中で夕月が腰を震わせると、涼音は、あわてて夕月の根もとを指の輪で、きゅっと絞めつけた。

そして、夕月を抱きあげ、岩風呂の比較的平坦な縁に腰かけさせる。

とっさに両手をうしろについて、夕月が自分のからだを支えると、涼音は形がよくて色っぽい唇で、爆発寸前の夕月のものを包みこんだ。

「あぁっ」

お湯とは違うぬくもりと、粘膜のまとわりつく感覚に、夕月は意識が飛びかける。

「やだっ」

感じすぎて怖い…なんて。そんな気持ちが、自分の中にあったこと自体がサプライズだ。

片手で涼音の髪を軽くひっぱりながら、もっと手加減してくれと意思表示するけれども、そこまで気がまわらないのか、涼音は容赦《ようしゃ》なく夕月のものをしゃぶり始める。

「ひぁっ、や…」

もっと長引かせて、たっぷり快感を奪いとればいいのに、夕月のそこは、彼自身の思いに反して、あっけなく弾《はじ》ける。

その瞬間、涼音の口腔がきゅっと狭《せば》まって…。

夕月の放った蜜《みつ》は、一滴残らず、涼音の舌に舐《な》めとられてしまっていた。

TRAP★2〈はめるつもりが、はめられて★〉

「ここは？」

布団《ふとん》の上なのは、わかる。

周囲を見まわすと、祐介と一緒にとった自分の部屋とも昨夜泊まった後輩たちの部屋ともどことなく趣《おもむ》きが違うような気がしたが、旅館の部屋の違いを見分けるスキルなどあいにく持ち合わせていない。

（もしかして、欲求不満が昂《こう》じて、淫夢《いんむ》を見ちゃったのでしょうか？）

ここはまだ後輩たちの部屋で、彼らが朝練に行ったあと、一人でぐっすり寝ちゃってる際に、うっかり夢を見てしまったのかもしれない。

よくよく考えなくても、露天風呂で奴隷にぴったりな好みの美形男子にばったり出会って、早速お口で気持ちよくしてもらえるなんて都合のいい話が、そうそうあるわけがない。

夢にしては、下半身の疼《うず》きが少々リアルすぎるけれども。

「みじめです…」

夢でしか、寂しさを慰めてくれる相手がいないなんて…。

「それにしても、イイ男だったなぁ」

花月に似《に》ているが、そっくりというわけでもない、オリジナルキャラクター。

夢の中にはっきりとした姿で現れたということは、彼こそが、自分の理想なのだろうと、夕月は一人で納得する。

「ナニからナニまで僕好みだったのに」

まなざし、声、指先。

唇、舌、そして、ご立派な彼自身…。

聴覚と視覚と触覚で、それらを思い出した途端、夕月の体の奥に、また甘やかな熱がよみがえる。

「…ぁっ」

浴衣を指先でそっと左右に開いて、しのびこませたてのひらで、下着をつけていない足のつけねを探ると、そこがしっとりと熱っぽく濡れているのがわかった。

「淫乱《いんらん》ですね、僕は…」

自分で自分を言葉ぜめしながら、夕月はきっちりと閉じた膝を少しだけ緩《ゆる》める。

膝の裏側あたりから太腿《ふともも》の内側に指をすべらせ、秘密のデルタから顔を覗かせているものにおずおずと触れると、それは一気にググッと起き上がる。

「ん…っ」

夕月は、夢中でそれをてのひらに握りこむと、ゆるやかにこすりあげ始めた。

しばらく花月と同じベッドで眠る生活が続いていたので、欲求不満がかなり溜《た》まっている。

もちろん、背中合わせに花月が寝ていようが、かまわず一人でやったりもしたけれど。

それに気づいた花月がビクンと緊張するのがわかると、夕月はひどく興奮してしまうのだ。

(変態《へんたい》さんなんだから)

自嘲《じちょう》するように心の中でつぶやいて、小さくため息を零《こぼ》すけれども、花月の反応を思い出すと、体はますます熱くなってしまう。

「…あっ、あっ」

夢中で自分を慰めながら、夕月は、脳裏に思い浮かぶ相手が、いつのまにか花月から先刻の夢の男に変わっているのにふと気づいた。

(なんて名前だったっけ？)

涼音…。桜小路涼音。

頭の奥から聞こえてくる自分自身の声が、そう教えてくれる。

自分で作り出した理想の恋人の名前を。

「涼音…」

枕《まくら》を抱きしめるようにして、うつぶせになりながら、片手の動きを幾分速める。

「素敵ですっ、涼音。とても…」

知らず、腰が淫《みだ》らに揺れてしまう。

それに気づいて、夕月は我に返るどころか、ますます乱れて、呼吸を荒くした。

「あっ、もうっ」

夢の中で涼音が口でしてくれたときの快感を思い出すと、信じられないくらい感じてしまう。

瞳に涙まで滲《にじ》ませながら、激しく腰を振る夕月の耳に、ふすまの開く音が聞こえた。

「…ぁ」

あわてて息をひそめるが、どうやら遅かったようだ。

部屋に入ってきた誰かは、ふたたびふすまを閉め直すと、大股で近づいてきて、布団の上から夕月の体を抱きしめた。

布団ごしに、背中から、心地よいぬくもりと重さが伝わってくる。

「私を挑発するのが、本当にうまいな、きみは…」

掠れた、低くて甘い声…。

「誰？」

とっさに訊き返すと、声の主は戸惑うように体を浮かせた。

「いま、きみが名前を呼んでくれていたじゃないか…」

「え？」

夕月は、おそるおそる背後を振り返る。

上品な黒いチタンフレームの眼鏡。キスのうまい形のいい口もと。

「涼…音？」

「私では、まずかった？」

「ノー！　とんでもない」

(夢じゃなかったんだ？)

夕月の左胸はまたドキドキし始める。

「あなたとのことは、夢だったのかと思ってました…」

夕月が打ち明けると、涼音は嬉《うれ》しそうに瞳を細めた。

「湯あたりして気を失っちゃったきみを、私の部屋につれてきたんだけど、怒ってない？」

夕月は、涼音の体の下で、うつぶせから仰向《あおむ》けに体勢を変え、首を振る。

「テイクアウト、全然ＯＫです。どのみち、部屋はのっとられてしまって、帰る場所がなくて…」

「そうか。きみが怒っていなくて、嬉しいよ」

涼音はささやくと、おもむろに体を起こして、布団をめくった。

「やっ」

はだけた裾《すそ》を直そうとする夕月の手を、涼音がとめる。

「そのままでいいよ。雪のように白い夕月の太腿を、もっと見たい」

キスがうまいだけに、リップサービスも得意らしい。

「さっきも言ったと思うけど、きみみたいな美人には、生まれて初めてお目にかかったよ。そんなきみとこんなことができるなんて、私のほうこそ、夢のようだ」

「涼音…」

崇《あが》め奉《たてまつ》られるのが大好きな夕月は、褒め言葉をささやく涼音の甘い声に、うっとりと聞き惚《ほ》れる。

「また…濡れてるね？　夕月のここ…」

「…んっ」

指摘され、夕月の先端は、またビュクっと蜜を滲ませてしまう。

「舐《な》めてあげたいけど、もう少しお預けだ」

涼音の言葉に、なにかひっかかりを感じた夕月だったが…。

「や…、あっ」

胸もとに降りてきた涼音の唇のせいで思考を中断させられ、そのまま脇《わき》へ押しやられてしまった。

「さっきは、こっちはかわいがってあげられなくて残念だったから…」

ささやきながら、涼音は、夕月の乳首にちゅくっと軽く口づける。

「ひゃ…」

「リベンジのチャンスをもらえて、嬉しいよ」

涼音は口もとで笑ってそう言うと、夕月の胸の突起に舌を這《は》わせてきた。

「あっ、やぁっ」

ビクンと胸をそらせると、今度は唇が吸いついてくる。

「んん…っ」

涼音は、ちゅぷちゅぷと音をさせながら、夕月の胸を舌と唇で愛撫《あいぶ》する。

「あっ、あっ」

またひどく感じてしまって、夕月は、放置されたままの股間を、いつのまにかぐしょ濡れにしてしまっていた。

「やだ、早く」

こらえきれずに、夕月は濡れたその場所に、涼音の意識を向けようとする。

胸を愛撫されるのも気持ちいいけれど、できればもっと余裕のあるときにお願いしたい。

涼音もそれに気づいたのか、夕月の胸から顔をあげると、すでにそそり立っている細身の夕月のものに視線を這わせた。

「そういえば、脱衣所に下着がなかったんだけど…」

夕月のものを眼鏡越しに視姦《しかん》しながら、涼音は尋ねる。

「きみのかわいい下着を、誰かに持っていかれたんじゃないかって、心配で少し探したんだけど…」

「それならどうぞご心配なく…。僕、普段から下着はつけない派なので」

夕月が告白すると、涼音は一瞬「え?」っていう顔になって、すぐにフッと笑いを洩らす。

「お嬢様な見かけによらず、いやらしいんだ? 夕月は…」

(あれれれ…?)

笑う涼音の形のいい口もとを見つめながら、夕月はまた、なにか違和感を感じてしまった。

それがなんなのか、ふいに思いついて、夕月は眉根《まゆね》を寄せる。

(いまの、言葉ぜめだよね?)

リップサービスはどれだけうまくてもかまわないけど、奴隷にしようと思っている相手に言葉ぜめされるのは許せない。

だから、変な引っかかりを感じてしまったのだ。

やっと見つけた理想の相手だから、ちょっとカチンときたくらいで、エッチの途中にもかかわらず、怒って部屋から出ていくような真似《まね》はしないけれども…。

(これは、早いうちに、上下関係をはっきりさせておかなければ)

もう少しだけ、かわいいふりをしていようと思ったけれども、いたしかたない。

うなずくと、夕月は涼音の胸を押しのけて、からだを起こした。

「舐めて…」

夕月は立ち上がり、布団の上で正座をしている涼音の鼻先に、自分のものを突きつける。

「いいよ。舐めてあげる…」

逆《さか》らわないのが奴隷だから、涼音の返答にはなにも問題はないはずだ。

なのに、なぜか涼音のほうが、主導権をもっている気がしてならない。

ほんとなら、いまごろは涼音のほうから、『舐めさせてください』と哀願《あいがん》されていてもおかしくないのに。

(まぁ、いいか。結果オーライなら)

失うにはかなり惜しい上物の奴隷候補ではあることだし、いまはブラコン卒業キャンペーン中だ。

細かい無礼は笑って許してやろう。

そう自分に言い聞かせて、夕月は彼を見上げている涼音のセクシーな唇に、自分のそれをグイと押しあてた。

「ん…」

涼音は従順にそれを口の中に招き入れ、舌をからませ、心地いいリズムで愛撫し始める。

「…っ、はぁっ」

涼音の口の中にグイグイと股間の欲望を押しこんで奉仕《ほうし》させながらも、ペットを褒めるように、両手で涼音の髪を撫《な》でまわしていた夕月だったが…。

「ん、ちょっと、どこさわってるんだよ？」

ふいに、素《す》に戻って声を荒げる。

浴衣の裾をたくしあげるみたいにもぐりこんできた涼音の手が、おしりを撫でるのに気づいたからだ。

夕月のきつい口調に、涼音は一瞬驚いたような顔をして、夕月のものを咥《くわ》えていた口をいったん離す。

けれども、すぐに笑顔に戻って、ささやいた。

「怒った顔もかわいいね」

「え？　なに言って…」

「うん？　なにか、おかしなことでも言った？」

「言った…」

そう夕月が責めるより早く、涼音は、夕月の欲望の先端を、親指の腹でぬるぬると撫でまわした。

「あっ、やんっ」

特に感じやすい場所をさすられて、夕月は危うくしゃがみこみそうになる。

けれども涼音は、夕月の腰を両手で支え直すと、ふたたび先端を口に咥えた。

そして、たいして役には立っていない夕月の帯を手際よく解くと、浴衣の前を全部はだけてしまった。

「あっ、ばかっ！　誰が勝手にそんなことしていいって言った？」

すでに胸もとは乱れているし、下半身の欲望も露出させているものの、さすがに全開となると、開放感がだいぶ違ってくる。

「恥ずかしいの？」

涼音が、夕月のものから唇を浮かせて訊く。それも、ちょっぴり笑いながら。

おかげで、濡れた先端に熱い吐息がかかって、夕月はビクンと膝を震わせてしまった。

それを見た涼音の唇から、また小さな笑いが洩れる。

悔しさに耳まで赤くなりながら、夕月は、ツンと顔をそむけた。

「別に、恥ずかしくなんて…」

「そうだよね。さっきは全裸で湯船に浸かって、情熱的に握りあったくらいだから」

たしかに…。

(あのときは、恥ずかしくなんかなかったのに、どうして？)

からみつくような涼音の視線が、眼鏡越しに自分の体に注がれていると思うだけで、全身が燃えるように熱くなる。

それから、視線と同じくらいぶしつけな涼音の言葉にも…。

恥ずかしさだけではなく、半分は怒りもあったが。

(人のよさそうな顔をして、もしかして、こいつ…)

先刻の違和感のわけが、夕月の中で、次第にくっきりはっきりしてくる。

(Mなんかじゃなくて、めちゃくちゃS?)

物心ついたときからずっとSっ子で、奴隷を見つける鑑識眼《かんしきがん》に関しては自信のあった自分が、まさかこの期《ご》に及《およ》んで、パートナーの人選ミスをするなんて。

なんたる不覚《ふかく》!

しかし、ここで、間違いでした…と、泣いて中断してもらうのも、男がすたる。

(こうなったら、S勝負だ。たとえこいつがSでも、必ず僕の前に跪《ひざまず》かせてみせるっ)

ひそかにこぶしを握りしめて誓《ちか》う夕月を見上げて、涼音はにっこりと微笑《ほほえ》む。

「どうしたのかな? そんなに思いつめたまなざしで私を見つめて…。いくらきみのここが、食べてしまいたいくらいかわいくても、きみに無断でかじったりなんかしないよ」

夕月のものを片手にすっぽりと人質《ひとじち》みたいに握りこみながら、そこから頭を覗かせた夕月の先端を、涼音は舌の先で舐めあげる。

(うわっ、やっぱりっ!)

サディスティックな涼音の言動に、夕月は、自分の考えが決して思い過ごしなどではないことを確信してしまった。

だが、愛の神エロスの悪戯《いたずら》に見事はめられてしまったのを嘆《なげ》いている場合ではない。

(しつけられる前に、しつけないと…)

とりあえず奴隷に『待て』を覚《おぼ》えさせようと、夕月は涼音の顎《あご》を指先で持ち上げ、上向かせる。

「僕を食べたいのなら、ちゃんとお行儀《ぎょうぎ》よくしてくれなきゃ」

夕月が女王様然として言い放つと、涼音の黒い瞳が、困惑げにまたたいた。

(あーっ！　もしかして、こいつも、僕のことM奴隷にしようと考えてたのか？)

「ねぇ、きみって、もしかして…」

涼音は、なにか確かめたそうに口を開くけれども…。

「いや…、なんでもない」

問いの続きを飲みこんでしまうと、長いまつげを伏せ、夕月のものにそっとキスをした。

「お行儀よくするから、手順は私に任せて…」

そう言うと涼音は、夕月を抱きあげ、布団に横たえる。

「あ…」

そのままのしかかってくるかと思えば、そうではなく…。涼音は、夕月に背中を向けて、彼の上にまたがった。

「いったい…」

なにをするつもりなのかといぶかしむ夕月に背を向けたまま、涼音は突然夕月の股間の愛撫を再開する。

夕月の膝を立てさせ、両脚の奥を覗きこむみたいな不自然な姿勢で。

「あっ、やっ！」

涼音の背中にさえぎられているせいで、自分のものがどんなふうに扱われるのかまったくわからずに、夕月は不安になる。

だからといって、自分のそこが、どんなふうにいじめられているのかを、逐一《ちくいち》観察したいわけではなかったけれど。

「重いから、どいてってば！」

夕月は、責めるように声を荒げる。

…とはいっても、涼音は軽く腰を浮かせて、両膝と片手で自分の体重を支えていたので、本当は少しも重くなどなかったのだが。

涼音自身もそれはよくわかっているらしく、文句を言う夕月を無視して、黙々と愛撫を続けている。

仕方なく、夕月は自力で涼音の体の下から抜け出そうともがくが、引き締まった太腿のあいだに体を挟みこまれているせいで、逃げ出すことも押しのけることもできそうにない。

(ガッデム！)

夕月は、ひそかにこぶしを握りしめる。

いま夕月にできるのは、涼音の広い背中に、羽織の上から爪を立てることくらいだ。

しかし、それでは、いくら日ごろから爪を鋭《するど》く磨《みが》いているといっても、あまり大したダメージを相手に与えることはできなそうだった。

それどころか、逆に、自慢の爪が痛むのが関の山だろう。

(しょうがない)

夕月は涼音の背中をひっかくのは早々に諦めて、悔しいけれども、泣き落とし作戦でいくことに決めた。

「お願いだから、離して…」

あまり頻繁《ひんぱん》には使わないが、泣き真似だって、夕月の特技のひとつだ。

けれど、涼音は…。

「大丈夫。優しくするから」

そう答えるばかりで、振り向いてさえくれない。

「顔…見たいのに…」

かわいいふりで、甘えるように言うと、ようやく涼音は肩越しに振り向いて、とろけそうなまなざしで夕月を見つめた。

「嬉しいよ。きみにそんなふうに言ってもらえて」

「だったら早く…」

離してくれと言うつもりでせかしたのに、涼音は違う意味に受け取ったらしく、微笑みながらうなずいた。

「わかった。急いで、この子をいかせてあげるからね」

そう言うと、涼音は、夕月が誤解だというのも聞かずに、身をかがめる。

「ひぁっ」

ねっとりとしたぬくもりが、自分の欲望を包みこむのを感じて、夕月は大きくのけぞった。

おまけに、涼音の体が少しずつうしろにずれてきて、ちょうど股間のあたりが夕月の口もとに当たる。

(あっ！　あのTバック)

ずっしりとした涼音の欲望を支えているシルクが、唇を淫らに刺激するのを感じて、夕月は、ひどく欲情してしまった。

「ん…っ」

涼音に人質にとられている夕月自身が、ビクッと反り返り、先端から蜜を滲ませるのが、自分でもわかる。

当然、それを唇で愛撫している最中の涼音に、気づかれないわけがない。

熱っぽい吐息の感触で、涼音が笑ったのがわかり、夕月は真っ赤になった。

(悔しい、悔しい、悔しいっ!)

こんな屈辱《くつじょく》は、生まれて初めてだ。

夕月の過保護かつ過干渉《かかんしょう》に耐えかねた花月が、一人で日本に留学するつもりなのを知ったときよりもずっと悔しい。

(許さない…)

絶対にこの仕返しはしてやる…。

ふすまに描かれた無慈悲《むじひ》な銀の月にかけて!

けれども、具体的な復讐《ふくしゅう》の方法は、とっさには思い浮かばなかった。

それよりも、激しくなる淫靡《いんび》な涼音の愛撫に抗《あらが》うので、いまは精一杯だ。

しかし、夕月の抵抗も、それほど長くはもたなかった。

(こいつ、フェラうますぎ…)

器用なのか、慣れているのか、好きこそものの上手《じょうず》なれ…なのかは知らないけれど。

まるでスペシャリストの職人芸のような涼音の舌技に、夕月は、プライドも憤《いきどお》りも、なにもかも投げ出して溺《おぼ》れてしまいそうになる。

涼音は、口だけでなく、てのひらや指先も総動員して、夕月の根もとから先端まで、いじめて…撫でて…つまんで、それこそ、かじる以外のすべてのやり方で、それをひたすら煽《あお》りたてた。

「あっ、やぁっ」

芝居ではなく、こんなふうに声が嗄《か》れるまで叫んだのは初めてだ。

たかだか、口で奉仕される程度で。

けれども、ある程度の予想はついていても、実際になにをされているのか、これからどうされるのかがわからないせいで、なおさら乱れてしまう。

そして、限りなくマックスに近く怒張《どちょう》した涼音の、ずっしりと硬い切っ先が、口もとだけでなく顔中を刺激しているのも、夕月をいつになく興奮させる原因になっていた。

(こんなの、知らない……)

なんとなく世の中を知り尽くしているつもりだっただけに、夕月はひどく戸惑ってしまう。

思いどおりにならない相手にひどく怒っているはずなのに、体のほうはなぜか怖いくらいに感じていて、それがまた夕月を苛立《いらだ》たせていた。

相手を奴隷にしてやるつもりだっただけに、なおさらだ。

その上、涼音がどんなふうにやっているのかは知らないが、いきたくてたまらないのに、いけなくて、出口を失った欲望が体中に逆流《ぎゃくりゅう》して、どうにかなってしまいそうだ。

「も、変になる……」

泣きそうになりながら涼音の羽織の袖《そで》をつかんでひっぱると、ちゅくちゅくと淫らな音を立てて夕月のものをもてあそんでいた涼音が、突然唇を離した。

「んっ」

いままで濡れた粘膜に覆《おお》われていたそこが急に大気にさらされ、スゥと水分の揮発する感覚のせいで、夕月はビクンと腰を揺らす。

同時に、欲望をせきとめていたものが外されるのを感じて…。

「あぁっ、あああっ」

夕月は膝を震わせながら、なまあたたかい体液を勢いよく放っていた。

夕月の放ったものを浴びて白く濁《にご》った眼鏡を片手で外しながら、布団の上にあぐらをかく涼音を、夕月は涙目でにらんでいた。

「優しくするって…、お行儀よくするって、言ったくせに」

もっと徹底的になじってやりたいのに、さんざん焦《じ》らされてイカされたせいで、体にまったく力が入らない。

「充分に優しくしているつもりだけど？」

涼音は、怪訝《けげん》そうに首をかしげる。

「これのどこが優しいんだよっ？　こういうのを意地悪って言うんだろ？」

「そうなのかなぁ？」

たったいままで夕月のものを咥えていたせいか、濡れて赤くなっている形のいい口もとが、不満げにつぶやくのを見て、夕月は唇を咬《か》んだ。

（こいつ、超ド級のS？　それも天然っ！）

「あんた、さっき、恋人に約束すっぽかされたって言ってたよな？」

普段はお行儀のいい夕月だが、いまこの瞬間、この世で一番憎《にく》たらしいかもしれない相手を『あなた』と呼ぶ気にはなれず、乱暴な口調で問い詰める。

「ん？　あぁ…」

それがどうしたんだ？　というように、斜《なな》めに視線をあげて、涼音は夕月を見つめた。

「できれば、そのことは思い出させないでほしかったんだけど…」

ハンカチで眼鏡をぬぐいながら、恨《うら》めしげにため息をつく涼音を、夕月は呆《あき》れたように見上げる。

「すっぽかされた原因が、わかったんだけど…」

涼音のあまりの天然っぷりに毒気を抜かれながら、夕月は告げた。

「自分で気づいてないわけじゃないよね？」

片方の肘《ひじ》を立ててちょっとだけ体を起こしながら、夕月が探るように問うと、涼音は案の定キョトンとした顔になる。

「なんのこと？」

「まさかと思ったけど、本当に自覚ないんだ？」

「だから、なんの…」

訊き返しながら涼音は眼鏡を顔に戻すと、夕月の顔の両脇に手をついて、見惚《みと》れてしまいそうなほどハンサムな顔を、いきなり近づけてくる。

「いや…、別にたいしたことじゃないから」

キチクな相手にわざわざそれを教えてやって、ますます開き直らせて、キチク度をレベルアップさせるのもいやなので、夕月はあいまいにごまかす。

下手《へた》をすれば、我が身を危険にさらすような目にもあいかねないし。

それにしても…。

夕月は、目の前の端正な顔を、まじまじと見つめる。

なぜ、こんなイイ男が振られたんだろう？　と、ずっと気になっていたので、答えが見つかって、ちょっぴり安心した気分だ。

(きっとしつこいSだから、逃げられたんだ…。僕みたいに)

夕月の顔を見ると条件反射で怯えた顔になる、双子の花月を思い出して、切ない気持ちがこみあげてくる。

(いじめるのは、愛ゆえなのに…)

そう思うと、涼音のことも、憎めないような気がしてきた。

(僕たちって、似た者？)

同類なのは、疑《うたが》う余地もないが。

違うのは、夕月には自覚があるけれど、涼音には、それがないらしい…という点だけだ。

もちろん自覚のあるなしは、大きな問題だが。

(自覚がある分、僕って損してるかも…)

夕月はひそかにため息を洩らす。

人にキチク三昧《ざんまい》しておきながら、まったく悪いと思っていない涼音が、うらやましい。

とはいえ、自覚があるからといって、夕月が、自分のサディスティックな性癖《せいへき》を反省しているわけでも、苦にしているわけでも、全然なかったが。

ただ、この一途《いちず》な愛情表現を、理解してもらえないのが苛立たしく、悔しいだけで。

けれども、自分が意地悪される側になるのは、正直言って絶対にいやだ。

貴重な体験にはなったと思うが、もう二度とごめんだ。

(そうだ。こいつにも、いたぶられる側の気持ちを教えてやらなきゃ)

一方的にいじめられただけですませる気は、さらさらない。

(いまに見てろですっ！　奴隷の幸せをたっぷり味わわせてやるから。もちろん僕はそんな幸せ一生わからなくてもいいけどね)

夕月は再度誓いを立てると、覗きこんでくる涼音の襟首《えりくび》をグイとつかみながら、にっこり笑った。

なにか禍々《まがまが》しい気でも感じたのか、眼鏡をかけていない涼音の黒い瞳が、一瞬ではあるが、不安そうにまたたく。

それを見て、夕月は俄然奮起してしまった。

「仕返し…じゃなくて、お返しがしたいんだけど…」

「お返し？」

「そう…。気持ちよくしてくれたお礼に…」

にこやかに答えると、涼音の瞳は、ますます疑わしげな色あいに染まる。

ついいましがたまで、さんざん文句を言っていた夕月に、突然お礼などと言われたら、怪《あや》しむのは当然だ。

だが、しかし、夕月は涼音の襟首につかまって体を起こすと、あぐらをかいている涼音の股間に問答無用で顔をうずめた。

「夕月くん、きみはそんなことしなくても…」

涼音は、遠慮がちにそう言うと、夕月の肩を押し戻そうとする。

(だから、自覚のないSっ子は困る…)

ご奉仕《ほうし》しなくてもいいと言ってもらえているのだから、別段困る必要など、どこにもないのに。

負けず嫌いの夕月は、ムッと眉根を寄せた。

「いいから、僕にもさせてよ」

敵《てき》を油断《ゆだん》させるために、潤んだ瞳で上目遣《うわめづか》いに涼音を見上げながら、甘ったるい猫撫《ねこな》で声でねだる。

警戒するかと思いきや、思いのほか簡単に、涼音は夕月の作戦に食いついてきた。

「きみが、どうしてもそうしたいというのなら…」

遠慮がちにささやくわりには結構強引に、涼音は、夕月の頭を押さえつけ、黒いシルクから先端を覗かせている自分のすごいものを夕月の口もとにねじこんでくる。

「んぐっ」

今度は自分のほうが、相手を翻弄《ほんろう》してやるつもりでいたのに…。またしても涼音の好きなようにされて、夕月は当惑する。

(予定とちがうっ！)

おまけに、涼音のそれは、思っていた以上にたくましくて。

「…っ」

頭の部分を口に含まされただけで、夕月は窒息《ちっそく》しそうになってしまった。

苦しいから離してくれというつもりで相手の太腿に爪を立てると、それを催促《さいそく》だと勘違いしたらしい涼音は、苦笑混じりに夕月をからかう。

「かわいい顔をして、意外にせっかちなんだね」

(違うっ)

すぐさま否定しようとしたが、口を塞《ふさ》がれているせいで、「んん…」としか言えない。

それを肯定と受け取ったのか、涼音は、仕方がないなというように、黒いシルクの下着を指先でクイと引きおろした。

「んんっ」

自由になった涼音のものは、夕月の口もとで勢いよく角度を変える。

「お手柔らかにね」

クスッと笑いながら涼音は言うと、夕月の口の中に、それを突き入れてきた。

「ん、んんっ」

息継《いきつ》ぎさせてくれと、必死に涼音の袖を引くけれども、頭を押さえつけている手を緩めてくれる気配はない。

それどころか、涼音は、ますますそそり立ったもので、夕月の喉《のど》をグイグイと突いてくる。

「んっ、んっ」

(も、死にそう…)

涼音にも負けないベロテクを披露《ひろう》するはずが、その前に窒息死なんて、悔しすぎて泣くに泣けない。

それなのに…。

「くっ、ふ…っ」

クラクラと混濁《こんだく》してくる意識とは裏腹に、体は、先刻自分のものを愛撫されていたときと同じくらい熱を持って、ジンジンと疼《うず》いている。

(僕、変…。どうなっちゃったんだろう?)

なにか悪いものでも食べただろうか?

もしかしたら、昨夜の鍋《なべ》料理に、うっかりものの花月が誤って取ってきた毒きのこかなにかが、混ざっていたのかもしれない。

(あ、だめだ…。お花畑が見える…)

意識がスウッと遠のいて、涼音の袖をつかんでいた手がパタンと布団の上に落ちる。

「夕月くん?」

ようやくまずいと気づいたのか、涼音は力を緩め、自分のものを引き抜くと、夕月の顎を持ち上げて、心配そうに覗きこんできた。

「気分でも悪いのか?」

たっぷりと酸素を吸いこみ、すぐに意識は戻ってくるけれど。

「さっき湯あたりした後遺症かな?」

呆《あき》れて、…というか、脱力しすぎて、言葉も出せない。

敵は間違いなく、反則レスラーならぬ、ルール無用の天然Sだ。

このまま、まともに相手をしていたら、絶対に身がもたない。

(繊細《せんさい》な僕は、壊《こわ》れてしまいます)

「もう仕返しはやめた。失礼します」

そう言って、よろよろとふすまのほうに這っていこうとする夕月の足首を、涼音がつかんだ。

「待ってくれ」

(そんなこと、言われても…)

口に出して強く言い返す気力もなく、そのまま這っていこうとするが。

「あ…っ」

涼音の力のほうが強くて、ずるずると引き戻されてしまう。

「なにかきみの気に入らないことをしたのなら、謝《あやま》るから…」

「……」

さすがに絶句してしまう夕月だ。

「そうか…。きみのかわいいお口では、私のものを受け入れるのは無理だったんだな」

(やり方によりけりなんじゃ…)

そうは思うけれども、わざわざ教えてやる気にもなれずに畳《たたみ》にぐったりと突っ伏している夕月の腕を、いきなり涼音がひっぱった。

「わかった。じゃあ、こっちでしてもらうから」

「え？」

有無を言わせず、涼音は夕月を、布団の上に引きずりあげ、仰向けに裏返す。

「なにを？」

間髪《かんはつ》入れずに体を重ねてきた涼音に浴衣を剝《は》ぎとられ、夕月は混乱しつつ尋ねた。

「今度こそ、ちゃんと優しくしてあげるから」

そうは言われても、涼音の『優しい』はまったく信用できない。

絶対、普通の人間と『優しい』の感覚がずれている。

そうこうするうちに、涼音はからだをずらして、夕月の両膝を左右に開きながら抱えあげた。

「や…」

秘められた場所に突き刺さる涼音の視線を感じる。

ベビーのころに母親とナニーに見られた以外は、これまで誰の目にも触れさせたことのない場所に。

(やだ…恥ずかしい)

なのに、体は熱い。

内側から、じわじわと熱があふれ出てくる感じだ。

肌がじっとりと汗ばむのがわかる。

「見ないで」

耳まで赤くなりながら、夕月は顔をそむけた。

「きみのここ、綺麗なピンクなんだね」

ただでさえ、熱くてたまらないのに、涼音の言葉が夕月をますます熱くさせる。

「おいしそう…。舐めていい?」

「ノー! 絶対にだめ!」

迷わず即答したのに、涼音はまったく聞こえなかったみたいに、そこに顔を近づけていく。

「あっ」

濡れた舌の触れるあたたかくて淫靡な感触に、夕月は思わず喘《あえ》いでしまった。

「そんなに気持ちいい？」

「ちが…っ」

気持ちいいか、よくないかなんて、わからない。

初めての体験だから…。

結構遊んでいるふりはしているが、実は、夕月のそこはまだヴァージンなのである。

「でも、すごく気持ちよさそうだ。思わずサービスしたくなるな」

涼音は笑うと、舌をゆっくりと上のほうへ這わせて、夕月の欲望の裏筋を舐めあげながら、いましがた濡らした場所を指でそっと撫でさすり始めた。

「ひぁっ」

涼音の形のいい長い指の先が、秘められたつぼみにもぐりこもうとしているのに気づいて、夕月はビクンと体をのけぞらせる。

「や、だめっ。そこは進入禁止ですっ」

涙まで浮かべてしまいながら必死に両膝を閉じあわせようとする夕月の股間から顔をあげると、涼音は戸惑うようにまばたきをした。

「誰かほかに、操《みさお》を立てる相手でもいるの？」

「ノー、そんな人いません」

夕月は即答する。

もし、そんな相手がいて、べたべたするのが可能なのであれば、出会ったばかりの相手をつまみ喰いしたりなどせずに、かたときも離れず、濃密な愛の交歓に耽溺《たんでき》していたいと思ってしまう。

(僕って意外と、拘束《こうそく》されたいタイプ？)

自問して、夕月はすぐにいやいやと頭を振る。

(拘束するのは好きだけど、されるのは勘弁《かんべん》です)

恋する心は、鳥のように自由でありたい。

なのに、好きな相手には、かなりしつこく執着してしまう夕月だ。

ただし、これまではその対象が血をわけた花月だったので、恋なのか単なる独占欲なのか、夕月自身にもよくわからなかったけれど。

「じゃあ、好きにしていいね」

ささやく声がふいに意識の中に飛びこんできて、夕月はぼんやりと涼音を見上げる。

「好きに…って、なにを？」

とっさに尋ね返すが…。

涼音は答えずに、最初のイメージからは想像もできないキチクなまなざしで夕月を見つめ、ふふっと笑った。

「私の好きにするんだから、きみは知らなくていいよ」

低くて甘い声が、そう告げる。

「あぁ、でも、ちょっとくらいは抵抗するふりをしてくれたほうが、燃えるかな？」

愉《たの》しげにつけ加えると、涼音は、夕月の秘められた場所にズプリと指を突き入れ、くちゅくちゅと中をもてあそび始めた。

（うそぉっ！）

こんなはずではなかった。

夕月の予定では、ハンサムで引き締まった美しい肉体を持つ眼鏡の従順な奴隷に、足の指でも舐めさせているところなのに。

しかし、よくよく考えてみれば、黒のシルクのTバックなんて穿く男が、従順な奴隷になるはずがないのだ。

「やっ、あんっ」

腰を逃がそうとした拍子に、涼音の指をきゅっと絞めつけてしまった。

「なんだ、やる気じゃないか」

恥ずかしい言葉で煽られて、夕月は悔しさに小さく体を震わせる。

すると、涼音は、フフッと笑って、夕月の耳もとに唇を近づけてささやいた。

「かわいいよ…」

たかがそんな台詞ひとつに、夕月はまたひどく感じてしまう。

ゾクリと喉をそらす夕月の耳もとを、涼音が甘い吐息で濡らした。

「純情なんだね」

(誰に向かって、そんなことっ！)

馬鹿《ばか》にするなと怒鳴《どな》ってやりたいのに、夕月の体は、まるでエッチなことをするのは初めてです…とでもいうように、ビクビクと震えている。

(こんなの、うそだ…)

たしかにバックは誰にも許したことはないけれど、何人もの男を手玉にとって、奴隷にしてきた夕月にとって、いまの状況は屈辱《くつじょく》以外のなにものでもない。

それが、絶対奴隷にできると思っていた相手なら、なおさらだ。

いや、いまからでも遅くない。どうにかして、思いどおりに調教してやらなければ！

夕月はそう自分に言い聞かせるけれども、いつのまにか二本になった涼音の指で、ひどく敏感な粘膜をいやらしく広げられると、すぐになにも考えられなくなってしまった。

そう、自分のそこをいじめている涼音の指の動き以外のことは…。

「や、あっ、あっ」

「すごいね。ここをいじっただけで、夕月の坊や、またビンビンになってる。さっきあんなにいっぱい出したばかりなのに…」

私の顔にね…。

わざわざそうつけ加えて、彼の眼鏡を欲望の飛沫《しぶき》で汚したことを、涼音は夕月に思い出させる。

「いじわるっ」

責めているのに、涼音は嬉しそうに笑って、ぐちゅっというやらしい音を立てながら、狭い夕月の入口から指を引き抜いた。

「あっ」

思わず収縮する夕月のそこに、指よりもずっとたくましいものがグイと押しこまれる。

「そんなっ、あぁっ」

準備OKなんて、まだひとことも言ってないのに…。

いや、それ以前に、侵入を許したおぼえさえない。

「誰にことわって…」

強引に押し入られ、夕月は涙目で涼音をにらむ。

けれども、涼音は、少しも悪いとは思っていないらしく、とろけそうに甘いまなざしで、夕月の瞳を覗きこみながら答えた。

「きみのここが、そろそろ大丈夫だからどうぞ…って許してくれたんだけど。もう少し慣らしてほしかった？」

（そういう問題じゃないっ！）

夕月は、口で言うより体にわからせてやろうと、涼音のわき腹をつねる。

相手が痛がるくらいに強くつねったつもりだったのに。

その結果、悲鳴をあげることになったのは、涼音ではなく夕月のほうだった。

「ひゃあ、んっ」

つねった途端、呆れるほど勢いを増した涼音のものが、夕月の内で大きく反り返ったせいだ。

それが夕月の内壁に深々と突き立てられた状態で、涼音はキチクにも、腰を使い始める。

「やぁっ、あぁっ」

激しく内側をこすりあげられ、思わず涼音の首に両腕でしがみつきながら、夕月は快感にすすり泣く。

「夕月の中、あたたかくて気持ちいいよ。私には、少し狭いけど…」

「いやっ、抜いてっ」

繋《つな》がっている場所が燃えるように熱い。

「痛い？」

「そんなの、決まって…」

そのせいで涙がとまらないはずなのに、痛みよりも激しすぎる快感が、夕月の中で暴れている。

まるで、自分が、ハリケーンの海で荒波にもてあそばれる難破船にでもなったみたいな気分だ。

「それなら、急いで終わらせなきゃね」

慈愛《じあい》深げな口調でそう告げると、涼音は一層荒々しく夕月を突き上げてくる。

「本当は、ゆっくりと…優しくしてあげたかったのに」

(そうしてくれよっ)

心の中で夕月は叫ぶが、いまさら口に出して、ゆっくり優しくして…なんて、悔しくて言えない。

だが、言わなかったことを夕月はすぐに後悔することになった。

もう一度夕月の膝をつかんで、さらに高く大きく開かせた涼音が、膝立ちになり、深い角度で挑《いど》みかかってきたからだ。

「ひぁっ、やぁっ！」

大きな動きで抜き差しを繰り返され、最奥と入口のあいだを激しくこすりあげられるたびに、夕月は自分でも意図《いと》せずに、悦楽《えつらく》の叫びをあげてしまう。

涼音の巧みな腰使いに一番心地いいリズムを教えられて、彼の望むタイミングで、たくましく反り返ったそれを絞めつけながら、夕月は甘い喘ぎを零し続ける。

（もしかして、僕、調教されてる？）

そう気づいたときはもう遅くて…。

淫らに脈打つ涼音のものに、グイグイと突き当たりの壁《かべ》を押されて、夕月は耐え切れずに自らの欲望で自分と涼音の体を濡らしながら、絶頂の激しすぎる快感の波に飲まれ、いつしか意識を手放していた。

TRAP★3 〔運命は悪戯《いたずら》がお好き★〕

「はぁ…」

数日後の瀬名家の夜。

リビングでプチ焼肉パーティを開いている祐介、疾風、花月、それに竜司には目もくれずに、ソファーの上で膝をかかえてため息をつく夕月に、皆はいっせいに、心配そうな視線を向けた。

「いったいどうしちゃったんだよ、夕月…。温泉行ってから、ずっとあんな調子だぜ」

肉を三切れまとめて箸《はし》でつかみあげながらも、疾風が声をひそめて言う。

「帰る途中のバスの中でも、窓の外見て、ため息ばっかついてたし」

「そういえば、そうだった気もするな」

自分の分の肉もとなりの疾風の皿に入れてやりながら、祐介がつぶやいた。

「あのときは疾風のことで手一杯で、夕月の面倒までみてやれなかったから、すねてるのかな？　くらいにしか思ってなかったけど」

こんなところで恥ずかしいこと口にするな…というようににらむ疾風に、甘いまなざしを投げる祐介の向かい側で、花月も「トゥ・ミー」とうなずく。

「僕もリュージのことで頭がいっぱいで…」

「黙れ！」

竜司に耳をひっぱられて、花月は、「痛いです〜」と情けない声をあげる。

しかし…。

「喜んでいるようにしか見えない」

そう疾風に指摘されて、花月は、照れたように笑った。

「まったく…。おまえという奴は、根っからMだな」

呆れたように言うと、祐介は箸を置いて立ち上がった。

「夕月、どうしたんだ？　御飯も食べずに」

いつものようにノーパンで着物…なんていう妖《あや》しい恰好《かっこう》じゃなく、白のタートルネックにジーンズ姿の、夕月の肩に手をかけながら、いつになく優しく祐介は尋ねる。

「みんなの前で話せないのなら、僕の部屋で聞くけど」

けれども、夕月は無言のまま首を横に振ると、放っておいてくれと言いたげに祐介の手をはらいのけて、ふらりと立ち上がった。

「散歩してくる」

ひとことだけ残して、夕月はリビングを出る。

そして、自分の部屋でデニム地の厚手の上着をはおると、外の廊下に続くドアを開けた。

秋もだいぶ深まり、夜風が冷たい。

小さく身震いして、思わず両腕で自分の体を抱きしめた夕月は、先日の早朝の露天風呂での出会いを、また鮮明に思い出していた。

涼音と出会ってから別れるまでのことを。

(いったい何度思い出せば、気がすむんだよっ？)

自分を責めながらエレベーターで一階に降りた夕月は、マンションの玄関を出たところで、ハッと息を呑《の》んで立ち止まった。

道を挟んだ真向かいに先日できあがったばかりの瀟洒《しょうしゃ》なマンションの玄関に入っていく長身の男のうしろ姿に見覚えがあるような気がして。

そう。はからずも初めて合体を許してしまった男、桜小路涼音に。

(そんな、まさかね…)

夕月は、いやいやと首を振る。

(だめですね、僕…)

あれ以来、ちょっとスタイルがよくて背の高い眼鏡の男を見るたびに、一瞬涼音じゃないかと思ってしまう。

(どうせまた人違いです)

視線を感じたのか、ふと振り返るその男と視線があう前に、夕月は背中を向けた。

(なんだか、気がそがれたので、散歩は中止にしよう)

ため息をひとつついて、夕月はまだ一階にとまっているエレベーターに、ふたたび乗りこんだ。

昇り始めたエレベーターの壁にもたれて目を閉じると、また涼音の顔が脳裏に浮かびあがってくる。

「どうして?」

恋と呼ぶには短すぎる体だけの関係のはずなのに、なぜ涼音のまぼろしが、いつまでもついてくるのだろう?

初めてを奪われた相手だから?

それとも…。

「いえ、きっとすぐに忘れます。多分、明日か、あさってには…」

夕月はつぶやくと、せめて覚えているあいだだけでも…と、涼音に激しくせめたてられたときの、たとえようもない快感を思い起こし、体を熱くする。

(こんなこと…初めてだ)

自分の中に、別の誰かが入ってきて、自分でも触れたことのない体の奥を、あんなふうにかき乱すなんて。

繋がったまま眠ったのも、初めてだ。

誰かと繋がったこと自体が初めてなのだから、当然といえば当然なのだが。

(うわ、恥ずかしい!)

夕月は、思わず頭をかかえこむ。

いつもは女王様然としているので、自分自身をなくすほど取り乱すことなんて絶対にないし、サービスで感じたふりをすることはあっても、感じすぎて気を失う…とか、まずありえない。

これまでだって、何人も、イケメンでエロいことも上手《じょうず》な相手を奴隷にしてきたのに。

あんなに感じたのは、神に誓って、初めての経験だ。

(なにが違うんだろう?)

これまでつきあってきたほかの男たちと…。

それとも、時期的な問題なのだろうか?

いままでは、誰とつきあっても、心の中ではいつも花月が、唯一無二の溺愛《できあい》の対象として君臨《くんりん》していたけれど、今回はちょうど花月離れをしようと決心したところだったから。

(そうだ。きっと、そう…)

絶対的な愛情の対象をなくしたその隙間に、涼音がするりと入りこんでしまったのだ。

花月の代用品として…。

「眼鏡っ子で、背が高くて、天然だし」

(なんだ。代わりだったら、別に幾らでも差し替え可能じゃない?)

そう思うと、急に気が楽になる。

「悩んで、損した」

エレベーターから降りると、夕月は大きく伸びをする。

「さてと…。また身も心もフリーに戻ったことだし、花月で遊んでやるとするかな。小《こ》姑《じゅうとめ》らしく、リュージごといじめてみるのも、楽しそうかも」

花月には迷惑極まりないことを考えつき、足取りも軽く部屋に戻る途中で、夕月はなにげなく下を見下ろす。

すると、先刻涼音と間違えそうになった眼鏡の男が、夕月たちのマンションを見上げているのが目に入った。

「なに、見てるんだろう?」

首をかしげて、夕月はもう一度念入りに男を観察する。

「やっぱり…似てる」

無意識に口に出してつぶやいた途端《とたん》、左胸がドキドキと騒ぎ始める。

「でも、僕には関係ありませんよ」

まずありえないだろうが、下からこちらを見上げているのが、たとえ涼音本人だったとしても、知ったことじゃない。

「ビー・クワイエット!」

勝手に激しく騒いでいる胸に、夕月は、静まれ…と命令する。

そして、まるでおしおきするみたいに、言うことを聞かない自分の胸を、服の上からきゅっと握った。

しかし、夕月の心臓は少しもおとなしくなってくれないばかりか、もっと体の奥のほうまでが、意に反して、妖《あや》しく熱を持つ。

「やってられません、もう」

夕月は大股でその場から離れると、瀬名家の玄関を開け、逃げこむように中へ入った。

従兄弟である瀬名祐介の父親とその幼馴染みの疾風の母親が再婚後、海外赴任になったおかげで、甘い(?)二人暮らしをしていた祐介と疾風のところに、花月に続いて夕月までが居候《いそうろう》を決めこんでしまったというわけだ。

いつまでも従兄弟の家に面倒になるのも悪いので、部屋を見つけなきゃとは思うのだが、祐介の料理はおいしいし、居心地抜群なので、つい居座り続けてしまっている。

だが、ひとつだけ、とても不便なことがあった。

それは、花月と同じベッドで眠ることだ。

花月がでかいせいで、二人で寝るには少しばかり狭すぎるし、体を密着させているとおかしな気分になってきて、それを必死に抑えこもうとするせいでなかなか眠れず、結果として睡眠不足になるのである。

（そうだ。いまのうちに寝ちゃおう）

夕月は、リビングには寄らずに、自分と花月に与えられた元は祐介の部屋に直行し、中からドアにロックをかける。

「これで安心して眠れる」

花月がその場にいたら、『それは、この僕が言いたいことです〜』と、つたない日本語でツッコミを入れるのは間違いなかったが。

「なんだか疲れた」

服を脱いで、全裸になった夕月は、パジャマ代わりにしているピンクの襦袢《じゅばん》を羽織って、ベッドにうつぶせる。

「もう…っ、余計な脳を使わせないでほしいよ」

冷たいシーツを両手で握りしめ、夕月は吐息を零した。

頭の出来は天才的にいい夕月だが、愛だの恋だのに悩むのは、とても苦手だ。

理路整然《りろせいぜん》としていない感情は、脳内のメモリを必要以上に喰いまくるし。

「愛なんて、うっとうしいだけだ」

(変になっちゃうし)

そういえば、愛と変はちょっと似ている。

「馬鹿みたい」

心と体はバラバラに騒ぐし、壊れたエレベーターか絶叫マシンみたいに、テンションはすごい勢いでアップダウンを繰り返すし。

本気で愛だの恋だのに溺れるなんて、愚《ぐ》の骨頂《こっちょう》だ。

なのになぜ、人はパートナーを欲しがるのだろう？

祐介も疾風も、花月や竜司でさえも、なぜあんなに幸せそうな顔ができるのだろう？

「僕は、一人のほうが楽…」

そうつぶやくそばから、負け惜しみのように聞こえてしまって、夕月は顔をうずめている羽根枕の端《はし》っこを指先でぎゅっとねじった。

(なんで、逃げちゃったのだろう？)

あの日、目が覚めると、すぐ目の前に涼音の顔があって…。

見惚《みと》れるほど端正なその寝顔を見た途端、壊れてしまいそうなくらい激しく胸が疼《うず》いた。

理由はわからないけれど、急に怖くなって、夕月は涼音が目を覚まさないように、繋がったままの体をそっと離して、そこから逃げ出してしまったのだった。

指にしっかりとからまっている涼音の長い指を外すのに、ちょっと苦労したけれども…。

いま思えば、なぜ、こそこそ逃げたりなどしたのか、さっぱりわからない。

初めてだったのに…と泣き真似のひとつでもして、部屋風呂で体を洗わせるくらいはすればよかったのに。

性急で強引な涼音の態度を責めて、償《つぐな》いに、奴隷になるよう仕向けることだって、できたかもしれないのに。

怖気《おじけ》づいて逃げ出すなんて、夕月のこれまでの人生の中でも最大級に屈辱的な出来事だ。

どうせ二度と会うことのない相手だろうから、気にしなくてもいいんだろうけど。

「旅の恥はかき捨て。たしか、そういうイディオム、あったはず」

向こうにしたって、エッチのあと相手に逃げられたなんていう情けないことを、ほかの誰かにしゃべるとも思えないし。

「よくある、ひと夏の想い出、ひと秋の想い出というやつですね」

ひと夏の想い出のほうがメジャーではあるが、秋だって負けず劣らず、刹那的《せつなてき》な恋に飛びこんで溺れる絶好のシーズンだ。

開放的なギラギラした光の下で大胆になってあやまちをおかしてしまう夏の恋とは、また一味違う秋の恋の罠《わな》。

なにもかもが枯《か》れていく寂しい季節に人肌のぬくもりを求めて始まった恋は、クリスマスシーズンが終わるのと同時に、ほとんどが終焉《しゅうえん》を迎えるはずだ。

しょせんは、かりそめの恋。

(どうせ、長続きなんて、するわけない…)

枕を抱きしめながら、夕月はそんな言葉で、自分を納得させようとする。

恋と呼ぶには短すぎる涼音との関係。

それでも涼音は、夕月にとって、秘密の領地に初めて侵入を許した特別な相手だ。

(ほんとに、涼音のこと、忘れられる?)

自問すると、夕月は起き上がり、ベッド脇の壁にはめこまれた鏡を見遣《みや》った。

乱れた髪をてのひらで軽く整えると、夕月はベッドに正座したまま、鏡のほうへにじり寄る。

「あー、まだ消えてない」

首筋や鎖骨《さこつ》のあたりにつけられた所有のしるし。

「これが消えるまでは、忘れられないんだろうな」

目を閉じると、整いすぎているくせにどこか人懐《ひとなつ》こい涼音の顔がアップになって迫ってくる。

眼鏡をスッと外して笑う、甘くてキチクなまなざしに見つめられると、夕月の体は怖いくらいに熱くなる。

「ん…」

股間のものが、きゅっと緊張するのを感じて、乱れた襦袢の裾にそっと指をしのびこませると、下着をつけていないそこがもう興奮しているのがわかった。

「呆れる。盛っちゃってるよなぁ」

自嘲するようにつぶやくと、夕月は、鏡の前で膝を開く。

「涼音…」

その名前を口にするだけで、唇を愛撫されているような気になる。

Mっぽいオーラを漂わせているくせに、キスがうまくて、強引で…。

優しいのか意地悪なのかわからない黒い瞳に見つめられると、まるで催眠術《さいみんじゅつ》にでもかけられたみたいに、体の自由がきかなくなる。

「あっ、や…。そんなふうに、見つめないで…」

目を閉じても、脳裏にくっきりと焼きついた涼音の顔は消えてはくれずに、声もなく夕月を支配し続けている。

(うそ…、どうして?)

声が聞きたい。まなざしだけではなく、言葉でもいじめてほしい。

自分がそんなことを考えているのに気づいて、夕月は、ビクンと体を震わせながら、欲望を両手で握りしめた。

(もしかして、僕、本気で恋しちゃった?)

誰かにいじめてほしいなんて、これまで、思ったこともなかったのに。

(気の迷いだ、絶対)

なぜなら、自分は根っからのSなのだから。

Mっ気なんて、コンマ1パーセントも持ってない。

それなのに…。

(涼音、もっと…ひどくして…)

心の中で哀願《あいがん》しながら、夕月はもつれる指を股間のものにからませて、乱暴にもみしごく。

「や、だめっ、もう…っ」

鏡に向かって、白濁《はくだく》した欲望を叩きつけると、夕月は膝をかかえこんで、少しだけ泣いた。

「夕月、目が赤い」

翌朝、食事の席で花月に言われて、夕月は「え？」と顔をあげる。

「そんなはず、ないよ。久しぶりに一人でぐっすり眠れたし」

結局、部屋に鍵をかけたままで寝てしまったので、閉め出された花月は、『幽霊《ゆうれい》が出るよ』と祐介に脅《おど》されながら、泣く泣くお座敷《ざしき》で寝たらしい。

「この僕が、泣くはずないだろっ」

ぷいと顔をそむけながら夕月がつぶやくと、花月は、怯《おび》えた様子で、ふるふると首を横に振った。

「夕月が泣いたなんて、誰も言ってませんですよ」

そんな怖ろしいことが起きたら、この世も終わりだとばかりに、花月は即座に否定する。

けれども、疾風にご飯のおかわりをよそってあげている祐介の目だけは、ごまかせない。

「夕月、なにか悩んでるのなら、ママに話してごらん」

「誰がママだよっ？」

夕月がツッコミを入れる前に、疾風が、ちょうど飲みこもうとしていた味噌《みそ》スープを噴き出した。

「疾風、大丈夫？」

義理の弟至上主義の祐介が、甲斐甲斐《かいがい》しく疾風の口もとを拭いてやるのを横目で見ながら、

夕月は、はぁ…とため息をつく。

たしかに、昨夜は泣いてしまった。

でも、ほんのちょっとだけだ。

朝まで一人で泣き明かしたりはしていない。

一時の気の迷いなのはわかってはいるが、自分にもMっ気があるんだということが悔しくて…。

決して、涼音が恋しくて泣いたわけじゃない。

もし、そうなら、自分が馬鹿みたいだ。

しょせん行きずりの相手だし、執着する意味もない。

女の子なら、たとえ一日弱の関係でも、初めてを捧《ささ》げた相手なんだから、責任とってほしいと思っても、ばちはあたらないと思うけれど。

(僕は男だし、別にダメージなんてないし)

涼音が上手だったおかげか、初めてで、相手のサイズもソー・ビッグだったわりには、腰もそれほど痛まなかった。

(僕の命令にちゃんと従うようなら、奴隷か、セフレにしてやってもよかったんだけど)

敵は、怖いもの知らずの、ウルトラキチクだ。

おまけに、天然だから、罪悪感のかけらもないときている。

（さすがに僕も、あんな暴れ馬の調教なんてできないよ）

一度エッチしただけでも、危うくM奴隷にされかけたくらいだ。

もし、ステディなおつきあいをすることにでもなったら？

（ノー！　絶対にごめんだ）

嬉しそうに涼音の足もとに跪《ひざまず》いて、ご立派な彼のものをしゃぶらせてくださいと哀願している自分を思い浮かべ、夕月は、くっと息を呑む。

思わず手に力が入りすぎてバキッと箸を折ってしまう夕月に、花月と疾風がビクッと肩を震わせ、顔を見合わせた。

「今日は雷雨《らいう》だな」

たいして動じることなく祐介は言うと、夕月の手から折れた箸をもぎとって、代わりに新しい箸を握らせる。

「百均で買った安い箸を持たせておいて、正解だったな」

普段なら、夕月も負けずに嫌味《いやみ》を言い返すところだが、そのまま新しい箸で黙々とお茶碗《ちゃわん》に残っているご飯を食べ始める。

「ご馳走様《ちそうさま》」

うっとうしいまでのロー・テンションでそう言って、席を立つ夕月に、祐介が声をかけた。

「今日から二週間、僕たちのクラスにも、教育実習生が来るらしいよ」

気のない返事を残し、出ていこうとする夕月の肩を、祐介ががっちりつかまえて引き戻す。

「器物破損の罪《つみ》で、後片付けの刑、一週間」

冷ややかに言い渡され、夕月は、不満たっぷりに祐介を見上げた。

「白魚のような僕の指が荒れる」

「だめだめ。たとえお姫様でも、執行猶予《しっこうゆうよ》は無しだよ」

「花月、おまえが代わりに…」

視線で花月に言うことを聞かせようとするけれど、祐介に今度はうしろから両肩をつかまれて、キッチンにつれていかれてしまった。

「はい、どうぞ。疾風と花月が食べ終わったら、その分もよろしく」

「う…」

普段から祐介が綺麗に管理しているおかげで、男所帯にもかかわらず、シンクもピカピカだから、一食分の食器洗いくらい、たいした手間でもない。

けれども、これまで命令するだけで、自分が家事なんてやったことのない夕月にとっては、針《はり》の山の向こうにある湖で水を汲《く》んでこいと、底の抜けたバケツを渡されたのと同じくらいのダメージだ。

(一気に運気ダウン?)

自分はずっとご主人様として人生を歩むとばかり思っていたのに、奴隷にされたり、メイドにされたりと、信じられないことばかりが起こる。

(もしかして、テンチューサツ？　それとも、ダイサッカイ？)

「お湯を使うのは許してやるから」

気前のいいご主人様っぽくポンと夕月の肩を叩いて、祐介は対面式のキッチンブースから出ていってしまう。

「ほら。疾風たちも、そろそろ急がないと遅刻するよ」

「うぃー」

「了解です〜」

この家では最強キチクの主夫に促《うなが》され、祐介と夕月のお茶碗の倍はあるどんぶりでご飯をかきこみながら、疾風と花月が返事をする。

「夕月も、さっさと始める！」

「わかったよ」

きっちり監視している祐介に、キッチンの中から恨《うら》めしげに答えると、夕月は仕方なくお湯で濡らしたスポンジに洗剤をたらした。

(こんなことになったのも、全部涼音のせいだ)

夕月は、お茶碗を全部割ってやりたい気持ちを我慢して、黙々と洗い始める。

（次に会ったら、ひどい目にあわせてやるから、覚えてろ…です）

そんな物騒なことを考えながら、夕月はなにもかもぴかぴかに磨きあげて、祐介から、見事花丸をもらったのだった。

「こんなに綺麗に洗ってくれるなんて、夕月、天才だね。そうだ、一週間とは言わず、これからずっと、洗いものは夕月にやってもらおうかな」

そんなご無体《むたい》な言葉と一緒に。

もちろん、憤慨《ふんがい》した夕月が、ますます涼音への憎しみを募らせたのは、言うまでもない。

「もう…最悪！」

食器洗いに今日一日分の精力を使い果たした気分で、夕月は学校へ続く道を急いでいた。

任務が完了したあとに、着替えたり、テキストをそろえたりしたせいで、みんなに置いてきぼりにされてしまったのだ。

疾風と花月は朝練があるし、祐介は生徒会の仕事があるというので、特に引きとめもしなかったが…。

昨日《きのう》汚してティッシュで拭いておいたはずの鏡が、まだ汚れているのに気づいてしまったせいで、これでもかっていうくらい綺麗に磨いているうちに、遅刻しそうな時間になっていたのである。

「やっぱり、ついてないです」

途中までは一応駆け足で来たけれど、もうHRには間に合わないとわかると、夕月は開き直ってゆっくりと歩き出す。

食器洗いをした上に、ガラス磨きで鏡を拭きまくったおかげで、自慢の指はふやけてガサガサになってしまっている。

「学校帰りに、ハンドクリーム買《か》って帰らなきゃ」

祐介さえいなければ、そんな罰当番なんて、平気ですっぽかすか、花月にでもやらせるかするところだが。

さすがの夕月も、祐介に逆らうのは、少しばかりはばかられた。

いま現在の瀬名家のボスは、間違いなく祐介だし。

(いっそ、祐介を誘惑して、メロメロにさせて、疾風みたいに甘やかされまくるのもいいかもね)

そう思うけれども、いまの夕月には、祐介を攻め落とす自信など全然ない。

祐介どころか、道端の仔犬《こいぬ》一匹さえ、意のままにする自信もなかった。

「これでは僕、牙《きば》のとれたトラです」

いや、牙が抜けていても、トラは充分に怖いから、そのたとえでは役不足だ。

「前歯の抜けたネズミ?」

普段の自分では想像もできないほど謙虚《けんきょ》に、そう…たとえたあとで、夕月はどっぷりとみじめな気分になる。

「こんなことでは、世界征服なんて、夢の夢ですね」

それどころか、一人の男さえも征服できない。

心の中でつぶやいた瞬間に頭に浮かんだのは、祐介でも花月でもない、別の男。

「涼音は、もういいです。僕の人生とは二度と交わらない相手」

なぜなら、お互いにSだから。

SとSは、磁石でも、互いに弾《はじ》き合うのが、さだめ。

それ以前に、二度と会うこともない相手だ。

運命がきまぐれを起こして、悪戯《いたずら》でもしないかぎりは…。

そのとき、校門の前にタクシーがとまり、誰かが中に駆けこんでいくのが見えた。

(まさか…)

その男のうしろ姿が、涼音に似ている気がして、夕月はハッと息を呑む。

だが、男の姿が視界から消えるのと同時に、がっくりとうなだれた。

「どうかしてるね…」

誰も彼もが、涼音に見えるなんて。

しばらく山にこもって、滝にでも打たれてきたほうがいいかもしれない。

仏教の教えのように、『愛』が行き過ぎた執着であるのなら、すでに涼音へのこの想いは、間違いなく『愛』だ。

はぁ…と肩で大きくため息をつくと、夕月はこぶしを握りしめ、キッと顔をあげる。

「もう、やめた！　こんなの僕らしくない」

涼音のことは、悪い犬に咬まれたと思って、忘れよう。どうせ向こうだって、一度やっただけの相手なんて、いちいち覚えていないに違いない。

「金輪際《こんりんざい》、彼のことはもう二度と思い出さないっ」

夕月は誓うと、足取りも軽く、教室ではなく保健室へ向かったのだった。

保健室でハンドクリームを貸してもらい、昆布茶《こぶちゃ》を飲みながらストーブで冷えきった心と体を充分にあたためた夕月は、馴染みの養護教師の頬にお礼のキスをして、HRが終わったばかりの自分の教室へ入っていった。

「ずいぶん遅かったね」

同じクラスの祐介が、責任を感じた様子で声をかけてくる。

「気にしなくていいよ。祐介のせいじゃないから」

全部、涼音のせい…。

ついその名前を思い浮かべてしまい、夕月はあわててそれをかき消す。

(忘れるんだった)

再度自分に言い聞かせ、カバンから一時間目の数学のテキストを取り出したそのとき、前のドアから、担任である数学教師の熊野《くまの》とは別の誰かが入ってきた。

眼鏡をかけた、その端正な顔を見た途端、夕月は思わず椅子《いす》を蹴《け》って立ち上がってしまう。

そのガタンという音に気づいたのか、テキストと教鞭《きょうべん》を持って入ってきた男も、顔をあげて夕月のほうを見た。

「なぜ？」

夕月がそう口にすると同時に、相手もテキストを取り落として、どうして？　という顔をする。

けれども、指導教師である熊野がうしろのドアから入ってくるのを見て、涼音は落としたテキストをあわてて拾いあげ、なにもなかったかのように授業を始めたのだった。


「知り合いなのか？　教育実習生の彼…」

授業が終わると、うしろの席の祐介がこっそり耳打ちしてきた。

「いや、別に…。ちょっと、顔馴染みに似てたから」

「ふぅん」

怪《あや》しむようなまなざしで夕月を見下ろしながら、祐介が探《さぐ》りを入れてくる。

「HRで紹介されたけど、彼、天下のT大生らしいね。秀才なんだ？」

「だから、僕はなにも知らないってば！」

夕月は、イライラと言い返した。

「片付け当番のおかげで遅刻して、HRに間に合わなかったから、さっきが初対面っ」

「それにしては、向こうも驚いてたみたいだったけど？」

「向こうも、僕が知り合いの誰かに似てたんだろ？」

夕月はそっけなく言い返して、覗きこんでくる祐介からプイと顔をそむけた。

「でも、夕月の顔を見て、テキストを取り落としまでしてたじゃないか」

いつもはそれほど過干渉ではないのに、祐介は、今日に限って、しつこく訊いてくる。

心配してくれているのか、単なる好奇心か、もしくは、ママ代わりとしての監督責任がゆえか？

（三つ全部だな…）

肩に手を置かれ、キチクのくせして一見超美形の生徒会長様である従兄弟のキラキラした瞳を、斜めに振り返りながら見上げて、夕月は確信する。

（まずい…。祐介は、なにをやるにしても容赦ないから）

疑われたとなると、正直に白状するまで、あの手この手で追及されるのは間違いない。

「ほんとに、涼音のことは、なんにも知らないんだって！」

嘘《うそ》ではない。

涼音について知っているのは、つきあっている彼女に約束をすっぽかされたということのほかは、エッチのテクと名前だけだ。

そう、名前しか…。

「あっ」

夕月は、あせる余り、大変な失敗をしてしまったことに気づく。

もちろん、祐介も、それを聞き流してくれるはずがなかった。

「涼音…ねぇ」

はい、チェックメイト…とでもいうように、口もとでにやにや笑いながら、祐介は労《いた》わるようにもう一度、夕月の肩をポンと叩く。

「HRに出なかったくせに、なんで彼の名前を知ってるかなぁ」

「そ、それは…」

夕月は、あわてて言い訳をする。

「噂《うわさ》を小耳《こみみ》に挟んだんです。登校途中にめまいがしたので、保健室に寄って、そこで…」

普段が、わりとクールでシニカルなキャラなだけに、それだけで、嘘をついている…と自白しているようなものだ。

だが、この場はとにかく取《と》り繕《つくろ》うしかない。

知り合いだと認めてしまったら最後、どこでどうやって知り合ったのか…とか、なぜ隠《かく》すんだ…とか、根掘り葉掘り尋問《じんもん》されるのは必至だ。

温泉の露天風呂で出会ったなんてことが知れたら、勘《かん》のいい祐介のことだから、二人のあいだに、なにやら秘めごとがあったと、百パーセントの確率で気づいてしまうだろう。

（やばいです。絶対知られたくない）

初めて会った男と『ベッドイン』ならぬ『お布団イン』して、奴隷のようにご奉仕させられた挙《あ》げ句《く》にバックヴァージンまで奪われたなんて、男の、いやSっ子の面子《メンツ》にかかわる。

「ほんとだから、保健室の先生に訊いてもらってもかまわない」

養護教諭の美山《みやま》とは、それなりに懇意《こんい》にさせてもらっている仲だ。決して、夕月の不利になるようなことは言わないはずだ。

（でも、あとでこっそり、話をあわせてもらうよう、頼みに行かなければ…）

その代償《だいしょう》が、軽いボディタッチくらいで済めばいいのだが。

（まぁ、彼も、若い身空で生徒へのセクハラがばれて、職を失うのは本意ではないでしょうから）

なにか行き過ぎた要求をされるようなら、そう言って軽く脅すしかない。

けれども、そんな夕月の悪だくみを軽く一掃《いっそう》するかのように、祐介は言った。

「OK！　美山先生に訊いておくよ。正直に話してくれたら、夕月の恥ずかしい写真を五十枚セットで差し上げます…ってね。なんなら、一週間分の肩叩き券ならぬ、奴隷券もおつけしますって口がすべっちゃうかも」

「ノー！」

夕月は、とっさに祐介の腕に取りすがる。

「それだけは、ご勘弁を…」

いつも無慈悲《むじひ》な女王様然としている夕月のあわてっぷりを見て、クラスメイトたちのあいだで、ザワザワとざわめきが起きる。

すぐさま、それに気づいて、ツンと高飛車《たかびしや》に顎をそらす夕月の頭を撫でながら、祐介が、フフッと意味深に笑った。

「ママに嘘をつくと、あの手この手で、お仕置きしちゃうよ」

「誰がママだよっ！」

ふたたび周囲をビクッとさせながら、怒鳴る夕月に、祐介はものわかりよさげに微笑んで、提案した。

「夕月が自分から言いたくなるまで、無理には聞かないであげるから、今夜の食事当番頼むよ。急に生徒会の仕事入っちゃってさ。あとで材料リストとレシピを渡すから、よろしく」

「そ、そんなぁ…」

今度は、背中をパフと叩かれて、夕月は、がっくりと机に突っ伏す。

（やっぱり、涼音のせいだ…）

涼音のことは忘れるという誓いは、早くも完全に崩《くず》れ去る。

運命は悪戯が大好きなのだ。…ということを、身に染みて味わった夕月だったが、それはまだほんの始まりにすぎなかったのだった。

TRAP★4〔天然Sの恋人はいかが？★〕

「災厄《さいやく》は、大挙《たいきょ》して押し寄せる」

そんな格言《かくげん》があったような気がするが、夕月にとっては、いまがまさにそんな感じである。

「祐介、ひどすぎる。隠しごとしてるのは申し訳ないと思ってるけど、傷心の僕に家事を押しつけるなんて、日本男児は桃太郎《ももたろう》じゃなくて鬼《おに》のほうですね」

いや、桃太郎がキチクで、かわいそうな鬼たちを容赦なくボコボコにしたというほうが、正しいかもしれない。

「LAではちょっと名の知れたキチクとして知られていたこの僕が、祐介や涼音のような、一見さわやかハンサムの日本男児にいじめられて、泣かされてるとは！　許すまじ、Sどもめっ！」

自分のことは棚にあげて、ぶつぶつと文句を言いつつも、祐介に命じられたとおり、学校帰りのスーパーで、夕飯の材料をお買い物中の夕月だ。

「お嬢様育ちの僕に、庶民の皆さんに混じってカリーの材料買わせるなんて、ありえない」

憤慨しながら、つかみあげたじゃがいもを無造作にカゴに入れようとしていた夕月の手首を、背後に立っている誰かがつかみあげた。

「痴漢《ちかん》っ？」

叫びかけた夕月の口を、スーパーの赤い買い物カゴを腕にさげたもう一方の手があわてて塞ぐ。

「私だよ、私…」

「私じゃわかりませんっ。あっ、もしかして、いま流行の私私詐欺《さぎ》？」

口を塞がれたままなので、もごもごとしか聞こえないはずなのに、ずうずうしくも夕月の背中に胸もとを密着させている相手には、充分に意味が通じたらしい。

「違う違う…。私だよ。涼音だ」

耳もとでささやかれて、夕月は硬直した。

運悪く夕月たちのクラスの担当になった涼音を、学校ではどうにかうまく避《さ》け続けることができてホッとしたのも束《つか》の間《ま》。

まさか、放課後のスーパーで、偶然《ぐうぜん》に会ってしまうとは！

それも、重い荷物を持って長距離歩くのはごめんなので、隣町のほうが安いという祐介の言葉をサックリと無視して、少々お高くても、家から一番近いスーパーマーケットを選んだというのに。

ここまでくると、涼音とは本当に縁が深いのではないかと、思わずにはいられない。

（前世で、S同士のせいで結ばれなかった、恋人同士だったとか…）

ついついロマンティック（？）な想像をしてしまい、夕月はひそかに赤面する。

もちろん、唇に触れているのが涼音のてのひらだと知って、ひどく意識してしまったせいもあるが。

エッチの最中に、それがどのように淫らな動きをして、夕月を泣かせたか、克明に脳裏によみがえる。

けれども…。

（しまった。惑《まど》わされている場合じゃない）

涼音が相手だと、なぜか調子が狂う。

（なにか、危険なフェロモンでも出してる？）

Sを無効化させる強力なやつを…。

だからといって、毎度毎度いいようにされるわけにはいかない。

「離してくださいっ」

もごもごとくぐもった声で言うと、夕月は、涼音の手を引き剝《は》がそうとした。

すると涼音は、夕月の口を押さえているほうの手をあわてて離す。

「あっ、ごめん」

「悪いと思ってるのなら、いきなりうしろから襲《おそ》いかかるようなことはしないでください」

口から手を離してもらったおかげで、ようやくクリアな声で夕月は涼音に言う。

もちろん、相手が涼音とわかれば、逆に注目されたくないので、小声で…だが。

さっき痴漢と叫びかけたのが聞こえたのか、こちらをチラホラ窺《うかが》っている人たちに、『すみません、大丈夫です』というように、夕月は目で挨拶《あいさつ》する。

けれど、それでもまだこちらが気になるのか、幾つかの視線がこちらに向けられているのを感じた。

「もう…っ」

痴漢と間違えて、危うく騒ぎを起こしかけたのは自分だが、その原因を作ったのは、涼音のほうだ。

「なぜ、こんなところにいるんですか？　あ、まさか、ストーカー？」

夕月が、疑わしげに眉根を寄せながら言うと、聞き耳を立てていた買い物客たちが、またビクンと二人を見た。

かたや文武両道の名門校の制服を着た美人の高校生（男子）。かたやモデル体型で長身、かつインテリ眼鏡の美青年。

その二人が、体を密着させつつ、危険な会話をしているのだから、注目されても仕方がない。

「ち、違う。私はストーカーなんかじゃない」

涼音は、思いっきり人のよさそうな顔で、首を横に振る。

「偶然、きみを見かけて、声をかけようと思っただけなのに、きみがいきなり痴漢扱いなんてするから、それで、それで…」

「それで？」

いきなり人の口を強引に塞ぎにかかったというわけか。

痴漢どころか、強盗《ごうとう》に間違われて、通報されても文句は言えないと思うのに…。

(過激なんだから…)

なぜか、こっそりこちらを窺っている買い物客たちの大半は、涼音に同情的な視線を投げているような気がする。

彼らにはどうやら、涼音のほうが、あらぬ疑いをかけられたかわいそうな人に見えているらしい。

たしかに…。夕月だって、涼音のあの天然Sキチクっぷりを自分の目で見ていなければ、このさわやかで優しげな善人《ぜんにん》顔に、ころりとだまされていたかもしれない。

だが、しかし…。涼音の裏の顔を知っている…というか、見事な手際《てぎわ》で、あれよあれよというまに純潔《じゅんけつ》を奪われたことを思い出すと、さすがに夕月は、簡単に涼音の言い分を信じてやる気にはなれなかった。

それどころか、ますます涼音が怪しく思えてくる。

「まさか、学校も、僕のことを調べて、うちにしたんじゃ？」

「とんでもない…」

相変わらず、じゃがいもを握っている夕月の手首はつかみあげたままで、涼音は大きく首を横に振った。

「本当に、なにもかも偶然なんだってば…。きみのフルネームだって、今日クラスの名簿を見て、初めて知ったくらいだし」

調べて追いかけてきたわけじゃないと、涼音はきっぱり言うと、関心を隠せない様子で、上から夕月の顔を覗きこんできた。

「ハーフなんだね？　瀬名くんと暮らしてるってほんと？」

「こっちの手も離して」

涼音の言葉にはコメントを与えずに、夕月はやんわりと命令する。

「あっ…」

どうやら無意識だったらしく、涼音は素直に夕月の手首を握りあげていた手を離すが…。

「このじゃがいも、青いから、やめたほうがいいよ」

そう言うと、夕月の握っていたじゃがいもは戻して、代わりに選んでくれた。

「もしかして、じゃがいものことで、いきなり僕の手首をつかみあげたってわけ？」

「そうだけど…」

「あっ、そう」

気が抜けて、夕月は、はぁ…とため息をつく。

「それは、ご親切にどうも」

夕月は、少しも感謝の気持ちが感じられない声で礼を言うと、涼音の胸を肘《ひじ》で押しのけた。

その肩を、涼音がガシッとつかむ。

「待ってくれ…」

ジェントルな顔をしているくせに、涼音は大胆なスキンシップが好きらしい。

（僕の中にも、強引に侵入してきたし…）

思い出し、夕月はまた耳朶《みみたぶ》がポッと熱くなるのを感じた。

（だめじゃないか…。ここは怒るとこなのに）

動揺する夕月に、涼音が提案を持ちかけてきた。

「買い物、手伝ってあげようか？　その…きみ、あまりこういうの、慣れていないみたいだし。一人暮らしって、したことないの？」

「ない。実家には、料理人やメイドがいたし、こっちでは、祐介が全部やってくれるから」

なにも含むところはなく、夕月は正直に答える。

けれども、涼音は、祐介の名前に反応して、眉根《まゆね》を寄せた。

「その…。瀬名くんときみは、どういういきさつで一緒に住んでるのかな?」

先生っぽい口調で質問してくる涼音を、夕月は、キョトンと見上げた。

「従兄弟だけど?」

「それだけ?」

訊かれて、夕月は、ハッとする。

「もしかして、僕たちがそれ以上の関係じゃないかと疑《うたが》ってるんだ?」

「いや、そういうわけでは…」

涼音はあいまいに答えるが、疑っているのは、ばればれだ。

「好きに疑えば?」

猛烈に腹が立ってきて、夕月は涼音をにらみつける。

「あんなことするの慣れてるくせに、人が初めてかどうかもわからないんだ? 眼鏡までかけてるくせに、その目は節穴?」

つい声が大きくなる夕月に、また周囲の視線が集まる。

「じゃあ、なぜ、あのあと急に姿を消したりしたんだ?」

「それは…」

とっさに夕月は口ごもってしまった。

(言えない…)

Sの自分が、強引に言うことを聞かされ、感じまくって、いつもならありえない痴態《ちたい》を見せてしまったのが、悔しくてたまらなかった…とか、あんなことをした相手と顔をあわせるのが、恥ずかしかったから…とか、絶対に知られたくない。

おまけに、涼音との関係にどろ沼のようにはまって、自分自身をなくしてしまいそうで、怖くなって逃げ出した…なんてことは。

「ノーコメント」

夕月は言うと、その場に買い物カゴを置いて、駆け出す。

涼音に抱きしめられて眠った、あのときのたとえようのない充足感と、同時に襲ってくる不安や恐怖を一度に思い出して、涙があふれそうになったからだ。

泣き顔なんて、誰にも見られたくない。

涼音には、特に。

とはいっても、エッチの最中に、いやというほど見られてしまったけれど。

(涼音の馬鹿！　もう顔も見たくない)

半分は本心。でも残り半分は…。

(明日から二週間、学校さぼってやる)

そうしたら、もう二度と涼音に会うこともなくなる。

今朝《けさ》の決意どおりに、涼音の存在しない平穏《へいおん》無事な生活に戻れる。

夕月はそう自分に言い聞かせながら、これまでの人生のうちで、もっとも高タイムを叩き出しつつ、自宅へ続く石畳《いしだたみ》の閑静《かんせい》な坂道を駆け上っていた。

部屋に戻ると、予想通り、まだ誰の姿もなかった。

祐介の言っていた生徒会の仕事というのは、本当だったらしい。

疾風と花月は、三年が引退したあとの剣道部で、数少ない二年として頑張っているらしく、今日もいつもどおり帰りは遅くなるだろう。

「晩御飯のしたく、どうしよう?」

自分の部屋に駆けこみ、背中にしょっていたスリーウェイのバッグをおろして、ベッドに投げた途端、買い物リストごと、スーパーのカゴに忘れてきたことに気づいた。

「冷静沈着が売りな僕なのに、あいつのおかげでボロボロだ…」

制服のまま、ベッドにうつぶせに寝転んで、枕をぎゅっと抱きしめる。

なぜ、涼音に対して、冷静な態度を維持できないのだろう?

たった一度の相手だし、このままつきあい続けると危険なのはわかりきっているし、もう忘れると決めたのに。

(初めての相手だから?)

いや、それだけじゃない。

自分の中に眠っていた別の自分を引きずり出してくれた、憎い奴だから。

涼音の触れた腕や肩、それに背中が、いまごろになって、ジンジン熱くなってくる。自分自身を失《な》くしそうで怖い…なんて思ってたけれど、なんのことはない。もうとっくに失くしてしまっている。

(こんなの、僕じゃない)

涼音と会ったあの日から、何度この言葉をつぶやいたか、わからない。

でも、実際の想い出は、あの日限りなのだから、そのあともどんどん想いが募《つの》っていくのなんて、この恋は偽物《にせもの》に違いないのだ。

(だって、二人で共有した時間の積み重ねによって、恋は育っていくものでしょう?)

勝手に育てた恋なんて、そんなの恋じゃない。

必死で自分をそう納得させようとするけれど、夕月の心の中に、これだってちゃんと恋だとささやいている、もう一人の自分がいた。

「もう、僕には、わかんないよ」

あんなに怖いものもなく生きてきた、ちょっと前までの自分が、嘘のようだ。

こんなに弱くて愚《おろ》かな自分は、いったいなに?

誰かに答えを教えてほしいと思う反面、この気持ちの正体を知るのも怖かった。

(祐介に相談してみようか)

ワラをもつかむ気持ちで、そう考えるけれども、すぐに「だめだ」と首を振る。

（やっぱり、言えない）

夕月は誰かになにかを相談したことなど、めったにない。

相談なんてものは、自分の考えを決めてから、それが間違っていないかを確認するためにするものだと思っているから、答えが出たときには、もう相談の必要がなくなっていることがほとんどなのだ。

（答えが出るまで、一人で考えなきゃ）

しかし、夕月にもわかっていた。もうとっくに答えが出ているのに、自分がそれを認めようとしないだけなのだということくらい。

涼音に逢いたい。でも逢いたくない……。

偶然再会できて、本当は嬉しかった……なんて、認めたくない。

これが自分にではなく、ほかの誰かに起こったことなら、「恋心は複雑ですねー」とちゃかしているところだ。

（ほんとに、明日からどうしよう？）

二度も逃げ出せば、さすがに嫌われていると思うだろうから、向こうのほうから避けてくれるかもしれない。

自分なら、きっとそうする。

（そうしてもらえたら、助かる）

そう思いつつも、無視されたら、哀《かな》しくて寂しい…という気持ちがわきあがってくるのをとめられない。

(なんなんだよ、もうっ)

自分がたくさんのピースに分解され、さらにそれらが黒と白の二軍にわかれて争いあっているみたいな感じだ。

ほかの皆も、こんな想いを乗り越えて、運命の人とそうでない人を判別していくのだろうか?

(僕の天才的な頭脳をもってしても簡単には解《と》けない、かなり高難度の問題ですね)

ふと吐息をつくと、また切なさがするりと忍びこんで、胸の奥がチクチクと疼き出す。

早く白旗をあげて、恋のどろ沼に飛びこんでいきたい気もしたが、愛撫を乞うために涼音の足にすがりつく自分の姿を思い浮かべると、また勢いが鈍《にぶ》る。

「ヘルプ・ミー」

自分が抱きしめているのが、花月の枕だと気づいたが、かまわずに咬みつきながら、夕月はそのまま眠りに落ちてしまっていた。

「夕月、帰ってるのか、夕月っ」

コンコンとノックの音がして、ドアが開く。

自分が制服のままで眠ってしまっていたことに気づき、夕月は手の甲《こう》で軽く目をこすりながら、顔をあげた。

部屋の中は、もうすっかり暗くなっている。

(しまった！　食事の準備…)

あわてて飛び起き、廊下のあかりが射しこむドアのほうへ夕月が目をやろうとした途端、部屋の中が一気に明るくなった。

「う、まぶし…」

「なんだ、寝てたのか？　僕がお願いしていたこともせずに…」

恨めしげに嫌味を言いかけた祐介は、夕月の恰好を見て、ムッと眉根を寄せる。

「制服のまま寝る子に、きみを育てたおぼえはないけどな」

「おまえに育てられたおぼえもないっ」

すかさず言い返すと、祐介が大股で近づいてきた。

(やばい。いまは逆《さか》らうべきではなかった)

言いつけられた用事をなにもやっていない上に、外から帰ってきたばかりの服で寝てしまった自分がいけないのだから。

素直に謝るべきだった…と後悔するが、とき…すでに遅し。

「お仕置きするぞ」

低い声で祐介は言うと、夕月の両肩をつかんで、ベッドにグイと押し倒した。

「冗談《じょうだん》だよな？」

「いや。僕はきみと同じで、冗談は好きじゃない」

「うそ…」

急に身の危険を感じて、夕月は顔をこわばらせた。

もともと祐介のことは嫌いじゃない。

面倒見もいいし、Sでなければ、恋人の第一候補にしてもいいと思っていた相手なのだから、少し前の夕月だったら、その場のノリで握り合うくらいはやってしまったかもしれない。

けれども、心にほかの男が住んでいるいまは、そんなこと、とてもじゃないが考えられない。

「ノー。僕には、心に決めた人が…」

それを聞いた祐介が、口もとで笑うのを見て、夕月はあわてて両手で口を塞ぐが、もう遅い。

「そうなんだ？　まさか、この期《ご》に及《およ》んで、相手が花月だなんて言わないよな？」

夕月は、口を押さえたまま、首を横に振る。

まなざしを一瞬鋭くする。

「疾風…でもないよね？」

だったら、即刻絞め殺す…と言いたげに、祐介は、まなざしを一瞬鋭くする。

もう一度夕月が首を横に振ると、祐介はまたにこやかな顔に戻って、

「じゃあ、誰？」

と訊いた。

「それは、訊かないでくれる約束だったのでは？」

夕月がすかさず反撃に出ると、祐介は、ベッドに腰かけ、両手で夕月の肩をシーツに押しつけたまま、容赦なく首を振った。

「それは、きみが僕の言いつけを守ったら…だろう？」

「あっ」

「わかった？　じゃあ、おとなしくお仕置きされなさい」

そう言うと、祐介は、じりじりと顔を近づけてくる。

「やっ、だめっ」

祐介が疾風一筋なのは知っているから、冗談だというのはわかっていたが、夕月は、つい反射的に激しく首を振って、抗《あらが》ってしまう。

すると、そのとき、ちゃんと閉じられていないドアが乱暴に開かれ、誰かが中に飛びこんできた。

「やめろっ！　夕月は嫌がってるじゃないかっ」

「涼音？」

正義のナイトみたいにいきなり現れた涼音を、首をのけぞらせた恰好で逆さに見上げながら、夕月は驚いて名前を呼ぶ。

「あれれー？　二人ともなんだか親しそうだけど、今日初めて会ったんじゃなかったんだっけ？」

夕月を押さえつけている手を離して、涼音に向かってハングアップしてみせながら、祐介がからかうように言う。

「え？　あ、これは…」

体を起こしながら言い訳を考えている夕月とは対照的に、涼音は、祐介の意味深な言葉などものともせずにベッドに駆け寄り、夕月をぎゅっと抱きしめた。

「もう大丈夫だから、安心して」

自信過剰なのか、天然のお坊ちゃまなのかは知らないが、涼音は、自分が夕月に嫌われてるなんて考えてもいないらしい。

スーパーでも、あんなに露骨《ろこつ》に嫌な顔をして逃げ出したのに。

(変な奴…)

夕月は呆れて、珍しい動物でも見るみたいに、涼音の顔をマジマジと見上げるが…。

「誰にも、きみを傷つけさせたりはしないと誓うよ」

「え、あ、うん」

涼音の迫力に圧《お》されて、夕月は思わずうなずいてしまっていた。

「でも、なぜ涼音がここに？　もしかして、僕のあとをつけてきたんじゃ？」

また危険な人物扱いされているのがわかったのか、涼音は、あわてて否定する。

「実は先日向かいのマンションに引っ越してきたんだけど、昨晩偶然、このマンションから出てこようとしていたきみの姿を見かけて…」

「あっ」

涼音の言葉を聞いて、夕月は小さく叫んだ。

「昨夜僕が見たのは、やっぱり涼音だったんだ？」

「気づいてたのなら、声をかけてくれればいいのに」

恨めしげに、涼音は言う。

「人違いかもって思ったから」

涼音の胸に顔を埋めながら、夕月は、小声で言い訳した。

似たような長身の男の人とすれ違うたびに、涼音と間違えそうになった…なんてことは、内緒だけど。

「それはそうと、よく部屋の番号までわかったね？」

涼音が、クラス担当になったのをいいことに住所を調べたんじゃないかと、まだ少し疑いながら、夕月は訊いた。

（執着されるのは怖いけど、逆に避《さ》けられたり、忘れられていなくてよかった）

…なんてことを考えている自分に気づき、夕月はビクリと身を硬くする。

「瀬名くんが入れてくれたんだ」

「そう。僕が帰ってきたら、桜小路先生がマンションの前で鍋《なべ》をかかえて、寒さに震えてたから。一応顔見知りだし、実習生とはいえ先生だし、さすがに無視はできないだろう？」

夕月に襲いかかる悪者扱いされたわりには、にこやかに祐介が説明する。

「そうそう。夕月が放り出した買い出しリストを見て、先生が、代わりにカレー作ってきてくれたんだよ。ちゃんとお礼言わないと」

「涼音が？　僕の代わりに料理を？」

夕月が驚いて尋ねると、涼音は照れたように顔をそむけて、うなずく。

「私が脅かしてしまったせいで、夕食のしたくができずに、夕月が困ってるんじゃないかと思ったから。それに、買い物してるところを見ていたら、料理も慣れてなさそうに見えたので、つい…」

涼音が答えると、祐介は、まさしくそのとおり…と相槌《あいづち》を打った。

「助かりました。味見したけど、かなりの腕ですね」

祐介に褒められて、まんざらではなさそうな顔をするが、それでも涼音は、夕月に『勝手なことをするな』と責められるのではないかと、結構不安げだ。

「余計なこと、しちゃったかな？」

申し訳なさそうに言う涼音に、祐介は、とんでもない…と首を横に振った。

「先生のおかげで、食べ盛りの男子高校生四人が、飢《う》え死《じ》にせずにすみます。な、夕月？」

「あ、うん…。ご親切、いたみいります」

つい慇懃《いんぎん》無礼《ぶれい》な口調になってしまい、心の中で自分を責めるが、それでも涼音は幾分かホッとしたらしく、人のよさそうな笑みを浮かべた。

こんなところだけ見ていると、本当にこれ以上はないってくらい理想の奴隷っぽいのに。

あの温泉でのことが悪夢だったと思いたい。

(恋人にすっぽかされて、一時的に人が変わってしまっていたとか？)

そうだったら、どんなにいいか。

二度とあんなキチクなことをしないのなら、もう一度最初から仕切りなおしてもいい。

夕月の足の指を嬉しそうに舐める涼音の、うっとりとした顔を想像して、夕月もうっとりとしてしまう。

途端、乱暴に涼音にもてあそばれた股間のものと、猛々《たけだけ》しい熱いものを突き入れられた秘密のつぼみが、同時にゾクンと疼くのを感じて、夕月は息を呑んだ。

それに気がついたのか、涼音もビクンと体を緊張《きんちょう》させる。

すぐそばに、祐介がいるというのに。

「あ、桜小路先生の作った料理、味見したいな」

あわてて涼音の胸を押しのけながら言うと、祐介の瞳がキラリと光った。

「もうすぐ疾風たちも帰ってくると思うけど、せっかくだから、先生も交えて、三人で先にいただこうか?」

「そうしようよ」

夕月は、祐介の提案に飛びつくようにOKする。

運がいいのか悪いのかは考えようにもよるが、いまのところ涼音との仲を疑っているのは、この家の中では祐介だけだ。

残りの二人が戻ってきて、涼音と鉢合わせたりしたら、また面倒なことになる。

花月も疾風も、夕月をからかったりする度胸はないとは思うが、なぜ涼音が料理持参で瀬名家を訪れたか…ということに関しては、興味を示さないはずがない。

家庭内のヒエラルキーでせっかく自分より下にいる二人に、弱みなど握られたくはない。

「先生も、そのほうがいいよね?」

夕月に腕にすがりつかれ、涼音は、どぎまぎしながらうなずいた。

「あ、あぁ。きみたちの食事に、私がお邪魔《じゃま》していいのなら」

控えめな涼音に、祐介は好感をもったらしい。

「もちろん。うちの夕月が迷惑をかけて、わざわざ料理までしてくださった先生が、遠慮なんてする必要、全然ありませんから」

そう言って、祐介は、ふと思い出したように首をかしげた。

「つかぬことをお尋ねしますが、桜小路静香《しずか》という名前にお聞きおぼえはありませんか？」

「静香なら、弟だけど…」

「やっぱり…。苗字《みようじ》が同じだし、似《に》てるなぁと思ってたんです」

祐介は納得したようにうなずくと、夕月を振り返った。

「ほら。LAで、うちのおとなりさんだった静香、おまえも交流あっただろう？」

「静香…？　あぁ、あの生意気で高飛車《たかびしや》なガキ」

といっても、一学年下なだけなのだが。

「うそ。彼と兄弟？」

「夕月！」

兄である涼音の前で、静香を生意気なガキ扱いする夕月を、祐介がたしなめる。

「いや、いいんだ。たしかに、静香は生意気で高飛車なところがあるから」

苦笑を洩らしながら、涼音は首を振る。

「気性のほうは、あまり似てらっしゃらないんですね」

祐介が言うのを聞いて、夕月は、思わず異議を唱《とな》えそうになった。

(冗談じゃないっ。こいつも超キチクだよっ)

そう…声を大にして訴《うった》えたかったが、そうすると、必然的に二人のいきさつを説明しなければならなくなる。

「く…っ」

やむをえず口を噤《つぐ》む夕月を、不可解そうに一瞥《いちべつ》するが、祐介は、壁の時計を見ながら、あわただしくドアへ向かう。

「じゃあ、僕は、早速準備してきますね」

閉じかけたドアの隙間から顔を覗かせて、祐介は、夕月に声をかける。

「夕月も服を着替えて、うがいして、顔と手を洗ったら、すぐにおいで」

ドアが完全に閉じる前に、祐介の瞳がクスッと笑ったのを、夕月は見逃さなかった。

(うわぁっ、涼音との仲、絶対ばれてるっ)

さすがに、天然キチクの涼音に、ヴァージンを奪われた…とまでは知られていないと思うけれど。

(これから一生、僕は、祐介の下僕《げぼく》決定だな)

ため息をつきながら制服を脱ぎ、普段着の襟の高いシャツに着替えようとして、夕月は、まだ涼音がベッドに座っていることに気づき、ハッと手をとめる。

「僕がつけたアト、まだ残ってるんだね？」

夕月の首のあたりにうっすらと刻印されている花びら形の鬱血《うっけつ》のあとを見上げ、涼音は瞳を細めた。

「僕の肌、こういうの、つきやすくて消えにくいみたいで」

別に気にしていないふうを装って夕月は答えるが…。

本当は襟ぐりの深く開いた服装が好みなのに、ここ数日首まで隠れる服を着ているのは、涼音のつけたキスマークを隠すためである。

（人の苦労も知らないで…）

恨《うら》めしげににらもうとすると、突然伸びてきた涼音の腕に、正面から腰を抱き寄せられてしまった。

「ごめん…。きみが好きなんだ。あの日、目がさめたときにきみがいなくて、一度はあきらめようとしたんだが、どうしても忘れられなかった」

ひとめ惚《ぼ》れなんだ…。

そうささやくと、涼音は、まだボタンをとめていない夕月のおなかのあたりに、いきなり顔を押し当ててきた。

「うそ…」

（ひとめ惚れ…って？）

突然目の前にあらわれて、そんな告白をするなんて、ルール違反だ。

けれども…。

(僕のほうも、もしかして、ひとめ惚れ?)

たった一度の関係でも、「好き」になるのが許されるのであれば、涼音へのこの気持ちはまちがいなく、その『ひとめ惚れ』だ。

「ほんとに、僕のこと、好きなの? あの日から、ずっと僕のことが頭の中から離れなかった?」

「もちろん」

涼音は大きくうなずく。

「僕と一緒だ…」

まるでひとりごとのようにつぶやく夕月を、涼音は、びっくりしたように見上げた。

「きみも私のことを?」

尋ね返されて、夕月はハッと我に返る。

「え? なんのこと?」

正直に、僕も好き…と言えばいいだけなのに、そのひと言が、なぜか素直に言えなくて、夕月はごまかすようにとぼけた。

「でも、いま、たしかに…」

戸惑いつつも食い下がってくる涼音を、夕月はそっと押し戻す。

涼音に抱きしめられ、胸の突起も股間の欲望も、おもしろいくらいに興奮していたが、そう簡単に手の内を見せてやるわけにはいかない。

この数日のあいだ、涼音は、夕月を苦しめ続けたのだから。

勝手に逃げ出したのは自分のほうで、苦悩したのも、自分のせいだ…ってことはちゃんとわかっていたが、涼音の顔を見ると、ついいじめたくなってしまう。

(だって、僕、Sだもん。ごめんね)

心の中で謝ると、夕月は、ツンと赤く尖った胸の突起を涼音に見せつけるようにしながら、シャツのボタンをとめると、先に立って、ドアのほうへ向かう。

「僕とつきあいたいの？」

「あぁ、きみが私を嫌っていないならば…」

「じゃあ、逆に、僕のことをどれだけ好きか、ちゃんと証明してよ」

ドアを開け、片手で涼音を手招きながら、夕月は言う。

「いいのか？　証明しても」

「うん」

夕月は、うなずく。

「でも、僕の望むようにしてくれなきゃ、だめだよ」

「わかった」

涼音は、迷うことなく、夕月に誓う。

「きみの望むとおりにする」

(やっと僕のペースになってきた)

仕切り直して、これから、二人の正しい関係を築きあげていけばいい。

ゆっくりと近づいてくる涼音の首に腕をまわし、背伸びをしながら、そっと口づける。

「夕月…」

誘うような夕月のキスに煽《あお》られ、深い角度で舌をからめてこようとする涼音を、夕月は容赦なく押しのける。

「順を追って、少しずつね」

余裕ありげに笑って、涼音をたしなめる夕月だったが…。

その胸の奥は、早く涼音にたっぷりと愛してほしくて、激しく騒ぎ続けていた。

一時間後、夕月は、向かいのマンションの涼音の部屋を訪れていた。

三人で、涼音の作ったカレーをおいしく味わっている最中に、

「先生に家庭教師をしてもらうことになったから」

と、祐介に告げたら、それなら早速教えてもらえば…ということになったのである。

涼音が持参した鍋の中身は、すでに自宅の鍋に移されていたので、祐介が綺麗《きれい》に洗ってくれていた鍋と一応数学のテキストとノートを持って、新築の涼音の部屋にやってきたところだった。

「そこに座って…」

暖房は入れたままにしていたらしく、程よくあたたまったリビングのソファーに、夕月は腰をおろす。

「いま、お茶を入れるから」

そう言うと、涼音は、鍋を片手にキッチンブースに消えていく。

「料理とか、得意なの？」

キッチンカウンターの向こうにいる涼音に尋ねると、

「わりとね…」

という返事が聞こえてきた。

「一人暮らしが長いから」

食器の音と、お湯をわかす音が聞こえ、ほどなく涼音が戻ってくる。

トレイには、上品なデザインのティーセットと、お茶うけのチョコレートが、綺麗に載《の》せられていた。

「両親と弟が海外に行ってしまったから、一人で好きに暮らしてる」

「恋人も、とっかえひっかえ？」

そんなこと言うつもりなんかなかったのに、夕月は、つい憎まれ口を叩いてしまう。

しかし、涼音は、別段怒った顔をするわけでもなく、ソファーの前にあるガラスのテーブルにトレイを置くと、夕月の隣に並んで腰かけた。

「とっかえひっかえ…というほどではないよ。一夜限りのつきあいとかは、基本的にしない主義だから。結果的にそうなってしまったこともないわけじゃないけど」

(それって、僕のこと？)

いまさらではあるが、相手に逃げ出された涼音の気持ちになって考えた途端、自分が極悪《ごくあく》人《にん》に思えて、夕月の心はチクチク痛んだ。

これまでは、自分のことばかりで、相手の気持ちなど考えたこともなかったのに。

なんだか、変な気分だ。

「そういえば、あのとき約束をすっぽかした彼女とは、どうなったの？」

ふと思い出して、夕月は訊く。

まさか、まだ続いているくせに、夕月に告白するなんてことは、ないと思いたいが。

涼音は、一般人とはどこか感覚がずれているようなので、可能性は皆無とはいえない。

(普通に彼女とつきあっていて、僕のことを愛人にするつもりだったら、絶対に許さない)

そんな夕月の気迫を感じ取ったのか、一瞬顔をこわばらせながら、涼音は首を横に振った。

「あれ以来、連絡もこないよ。もちろん、私のほうからもコンタクトはとっていない」

「ということは、まだちゃんと別れたわけじゃないんだ？」

不満げに夕月が責めると、涼音は、そんなこと考えたこともなかったと言いたげに、夕月を見つめた。

「とっくに自然消滅しているものだとばかり、思っていたけど」

涼音は、困惑げに首をひねる。

「でも、向こうは、そうは思ってないかもしれないよ。一時の感情で、涼音にはついていけないと思ってすっぽかしたけど、よく考えたら、やっぱり未練がある…なんてことになるかも」

夕月自身が、涼音に対して、いま言ったような気持ちを持ってしまっていたので、ほかの誰かも、そう思わないとは限らない。

(天然Sキチクなところを除けば、極上《ごくじょう》のイイ男だし)

おまけに、普段はこんなふうに優しくて、面倒見がいいときている。

「なんだか、心配だな。もし、その人が、まだ別れたくない…って言い出したら、どうするつもり？」

「そんなの決まってる。私には、もうきみしか見えてないよ」

夕月の顎を指でそっと持ち上げて、上向かせると、涼音は性急に唇を重ねてきた。

「ん…っ」

とろけそうな舌の交わりに、思わずクラッと身を任せそうになるけれど、夕月は必死に抵抗する。

このままなし崩しに気持ちいいことを始めてしまえば、また先日と同じことの繰り返しになってしまいそうな気がしたのだ。

(用心深く、ゆっくり調教しないと…)

夕月は、自分に言い聞かせる。

「数学の問題、やってからだよ。祐介が、あとできっと、ちゃんと勉強を教わってきたか、チェックすると言い出すだろうから」

夕月が言うと、涼音は少しムッとした顔で、自分の分のティーカップをつかみあげた。

「まるで、彼がきみの保護者みたいだな」

「まぁ、そのとおりなんだけど…」

同い年とはいえ、祐介は、瀬名家のほかの三人の保護者を立派につとめている。

だが、涼音には、そんな夕月たちの関係が、いまひとつ理解できないらしい。

「本当に、彼とのあいだには、従兄弟として以外の感情はないと誓えるのか？」

もちろん誓えるが、まだ疑われていたのかと思うと悔しくて、夕月は、わざと煽るように答えた。

「どうかな？　祐介は、つまらないことで人を疑って、嫉妬《しっと》したりなんかしないし」

それは本当だが、ある意味嘘だ。

夕月に関してはそうだが、疾風に対しては、怖いくらいに独占欲をむき出しにするのを、何度か目《ま》の当《あ》たりにしたことがある。

(嫉妬するのも、それだけ真剣に好きだからなのかな？)

そう思うと、いきなり人が変わったように不機嫌《ふきげん》になって、ついいましがたまで穏やかだった瞳にメラメラと嫉妬の炎《ほのお》を燃やしている涼音が、急に愛《いと》しく思えてきた。

(僕だって、疑って嫉妬する点に関しては、似たようなものだし)

お互い様といえば、お互い様だ。

(僕もそれだけ本気で、涼音のことが好きってことだよね)

一人でうなずく夕月だったが、それをきっちり意思表示するどころか、逆に、涼音のことは本命ではないかのような態度をとってしまっていることに気づいてはいない。

以心伝心《いしんでんしん》…なんてものは、よほど長いつきあいでもなければ、簡単には起こり得ない。

たいていの場合は、お互いに、口に出さなくても自分の気持ちは相手に伝わっているはずだと勝手に思いこんでいるだけで、実際にはなにも伝わらないまま、気持ちの行き違いを招くだけに終わるのである。

けれども、これまで本気の恋なんて経験したことのない夕月は、自分がこんなにも好きなのだから、きっと涼音もわかってくれているはず…と思いこんでしまっていた。

「そんなわけだから、数学を先に…」

「わかったよ」

夕月がテキストを広げると、涼音も渋々とうなずく。

「ただし、条件がある」

「条件？」

「そうだ。一問教えてあげるごとに、報酬《ほうしゅう》をねだってもいいかな？」

いつのまにか人のよさそうな穏《おだ》やかな笑顔に戻っている涼音にそう持ちかけられて、夕月は、ついうなずいてしまう。

いくら祐介に対する言い訳のためとはいえ、涼音の時間をつぶさせて、家庭教師をしてもらうわけだし。

（多分、キス一個とか、そんな感じだよね？）

けれども、一瞬不安になって、優しげな涼音の顔を見上げながら、夕月は一応尋ねる。

「報酬って、僕に払えそうなもの？」

「大丈夫だよ。ほんの形だけだから」

そのほうが、教えるのにも身が入るし、きみだって集中できるだろう？

そんなふうに説得されて、夕月は、涼音の申し出を受け入れることにした。

けれども、実際には、集中するどころか、逆にドキドキして、いつもなら簡単に解けるはずの問題まで頭の中でグルグルとからまわりしてしまい、涼音の説明にも生返事するばかり
…なんてことになってしまったのだが。

それでもどうにか一問解いて、ほう…っとソファーの背に身を預けると、予想したとおり、涼音の唇が重なってくる。

涼音のいれた紅茶《やわ》がフルーツティーだったからか、甘いアップルミントの香りが、夕月の緊張をふわりと和らげる。

「じゃあ、次の問題にいこうか？　さっさと解かないと、夜中になっちゃうよ」

「うん」

報酬という名のご褒美《ほうび》が、おいしいキスだとわかってホッとしたおかげで、次の問題は、一問目の半分の時間もかからずに、解けてしまう。

二問目の分のキスを待って、夕月が目を閉じると、ふたたび甘い香りの唇が、ふにゅっと押し当てられた。

のに。

本当に涼音はキスがうまい。

たしかにかっこいいけれど、ちょっと見には、色事には慣れていない真面目《まじめ》な人に見える
「ん…」

持って生まれた才能なのか、それとも場数を踏んでいるのか…。

くすぐるようなキスがじれったくて、優しく触れてくる涼音の唇に、夕月は思わず自分から吸いついてしまう。

まだ主導権を握っているのは自分だと思うと、夕月はつい大胆《だいたん》になってしまう。

尖《とが》らせた舌で強引に涼音の唇をこじあけると、熱っぽい舌がするりと夕月の口の中にもぐりこんできた。

途端、なにか違和感を感じて、夕月はビクリと身をすくめる。

「なに？」

唇を離して尋ねると、涼音は甘く瞳を揺らして微笑んだ。

「チョコレート。甘いものは、頭の働きをよくしてくれるからね」

涼音は言うと、片腕を夕月の腰にまわす。

「…ぁっ」

またしてもビクンと反応する夕月には気づいていない顔で、涼音は次の問いを指差した。

「この関数はわかりやすいな。きみなら、すぐに解けると思うけど…」

(そんなこと言われても…)

腰にまわされた涼音の手が、太腿に触れているのが気になって、どうしても問題が頭に入ってこない。

(こんなの、僕らしくない)

むしろ予定では、数学を教えてくれる涼音の膝に手を這わせて、うろたえさせてやるつもりだったのに…。

(このままいくと、また立場が逆転しそう…)

そうならないためにも、気をたしかに持たなくては…。

夕月は、太腿の上に置かれている涼音の手に気をとられないよう、花月が先日買ってきて、気に入って穿いている、富士山と鷹《たか》となすび柄《がら》のトランクスを無理やり脳裏に思い浮かべ、それに意識を集中しようとした。

けれども、形のいい涼音の長い指が、偶然のように太腿の内側に触れると、体の奥が熱を持ち、思わず腰がもぞもぞと動いてしまう。

「どうした?」

「いえ、別に…」

クールを装って、夕月はツンと顎をそらしながら首を振るけれども。

自分が赤くなっているんじゃないかと思うと、ますます動揺して、耳まで熱くなってしまう。

「ちょっと休憩《きゅうけい》したほうがいい？」

「なんでもないので、気にせず続けてください」

虚勢を張って、夕月は言った。

あまり遅くなると、また祐介になにを言われるかわからないし、だからといって、せっかく好きな相手と再会して、告白しあって、二人っきりになれたというのに、なにもしないで帰るのも悔しい。

とにかくさっさと問題を片付けてしまわないと。

気合を入れた瞬間…、夕月は握っていたボールペンを、うっかり床の絨毯《じゅうたん》の上に取り落としてしまった。

「あ…」

とっさに拾おうとして身をかがめた途端、バランスを崩して、テーブルに頭をぶつけそうになる。

「大丈夫かい？」

とっさに涼音が、それまで太腿に触れていた手をずらして、夕月の胸もとを支えてくれたのは、よかったけれど…。

「…やっ」

涼音の指が、薄いシルクのシャツ越しに、偶然胸の突起に触れたせいで、夕月は小さく声をあげた。

「あ、ごめん」

涼音はすぐに謝るが、夕月の胸から、なかなか手をどけてくれようとはしない。

それどころか、指先で、ゆるゆると突起の先端をまさぐっている。

「だめ…っ」

「どうして？　ここ…とっくに立たせていたくせに」

「そんなことない」

というのは、嘘だ。

夕月の部屋で、顔を埋めてきた涼音の髪が、裸の胸もとに触れたときから、そこはずっと立ちっぱなしのような気がする。

「気になって、たまらなかった。ここに触れてあげたくて…」

「あ…っ」

涼音がずっと、立ち上がっているがシャツの上からもわかる自分の胸もとを盗み見ていたかと思うと、夕月は恥ずかしくてたまらなくなる。

自分が、すごくいやらしい男の子のような気がして…。

もちろん、そんなことは、とっくの昔から知っていたけれど。

それでも、こんなに淫らな気持ちになったのは、涼音に出会ってからだ。

(涼音の視線が、僕をいやらしくさせるんだ)

恥ずかしさをごまかすために涼音をにらむと、潤んだ瞳が、眼鏡越しに夕月を見つめていた。

「舐めさせて…」

涼音はささやくなり、夕月のシャツをめくりあげる。

そして、指摘されたとおりに硬く立ちあがっている乳首の先端に、濡《ぬ》れた唇を押しつけてきた。

あたたかく濡れた吐息に、感じやすい突起をなぶられて、夕月の体は甘く震える。

「まだ、だめ…」

夕月が抗《あらが》うと、涼音は、そこをねっとりと舐めあげ、ふいに体を離した。

「わかった。もう二度ときみに嫌われたくないから、意見は尊重するよ」

そう言って、拾い上げたボールペンを、涼音は夕月の手に握らせる。

「Xに、この数値を代入して、それから…」

(あれ？　なにか変だ)

急激にまぶたが重くなるのを感じて、夕月は、襲ってくる眠気を振り払うように頭を振る。

けれども、なにごともなかったかのように淡々と説明する涼音の声が、まるで子守唄のように遠くに聞こえて…。

「夕月？」

肩に触れる涼音の手のぬくもりを感じたのを最後に、夕月の意識は急激に暗い闇《やみ》へと落ちていった。

TRAP★5〔Sでキチクな彼の本音★〕

唇に冷たいなにかが触れて、夕月は唐突《とうとつ》に眠りからさめる。

それなのに、目の前は、まだ…暗いままだ。

「なに？」

手探《てさぐ》りしようとして、夕月は両手の自由がきかないことに気づいた。

両手首をひとまとめにくくられ、それを頭の上で、どこかに固定されているらしい。

「ほんのちょっとしか入れてないのに、結構ぐっすり眠ってたね」

耳もとで、甘い声がフフと笑う。

（涼音？）

それも、見事にブラック・バージョン。

「入れたって、なにを？」

「眠くなる薬を、お茶に…」

（うそぉ…）

ていた。

「なぜ、そんなことするんだよっ？」

そのころには夕月も、目の前が暗いのは、黒い目隠《めかく》しをされているせいだと、薄々気づいていた。

「おまけに、目隠しなんかしてっ」

「きみが寝不足みたいだったから…。ほんの親切心だよ」

名前のとおり、透きとおった美声が、クスクスと笑う。

「どこが親切心だよ？　人の腕を縛《しば》りまでして」

「特別な意味はないよ。縛られて、目隠しされたきみもかわいいだろうな…と思っただけで。嫌なら、そう言ってくれれば」

夕月の胸の突起を、氷のキューブらしい冷たいもので、ゆるゆると撫でさすりながら、涼音は、しゃあしゃあと続ける。

「無理じぃは、好きじゃない」

「じゃあ、言わせてもらうけど」

夕月はすかさず言い返す。

「縛られるのも、目隠しされるのも嫌…」

なのに、涼音は聞こえなかったふりをして、氷で冷やした夕月の乳首を熱っぽい舌の先で愛撫し始めた。

「あっ、そこ…舐められるのも、嫌っ」

夕月が叫ぶと、涼音はため息をつく。

「正直じゃないな、夕月は…」

責めるようにつぶやくと、涼音は夕月の胸の突起に軽く歯を当て、先端を優しく甘咬《あまが》みした。

「…ぁっ」

「きみが、こんなふうに、いじめられながら愛されたいタイプだっていうのは、会ってすぐにわかったよ」

「ご冗談でしょ？」

胸から全身に波及するじれったいような淫らな疼きを、必死にこらえながら、夕月はまだ余裕のある態度を装って言った。

「僕はいじめられるより、いじめるほうが好きなの。あなたのほうこそ、いじめられるほうが好きな人に見えたけど？」

「私が？」

本気で驚いたような涼音の声が、問い返す。

「そんなことはないと思うが…」

「自信なさげだね」

夕月の挑発にはのらずに、涼音はのんびりと答えた。

「これまで、私をいじめようなどと考える酔狂《すいきょう》な人間はいなかったからな。たしかめようがない」

「それなら、僕がいじめてあげようか？　自分が本当はMだとわかって、いずれは僕に感謝することになると思うよ」

「気が向けばな」

まったくその気などないのがまるわかりな口調で言うと、涼音は、溶けかけたキューブ・アイスを、今度は夕月の下腹にすべらせた。

「ひぁ…っ」

大きく腰を揺らす夕月に、涼音は低い笑いを零す。

「やっぱり好きなんじゃないか…」

ぷっくりと尖った乳首を、硬い爪の先で転がしながら、涼音はそう決めつけた。

「いじめられて身悶《みもだ》える夕月は、とてもかわいくて綺麗だ。私が知っている誰よりも、きみは魅力的だ」

「なにを急に…」

尋ねる夕月は無視して、涼音は声を艶《なまめ》かしく掠《かす》れさせながら、切なげにささやいた。

「だからこそ、もっともっといじめて、泣かせてやりたくなる…」

「……っ！」

とんでもないことを言われているはずなのに、情熱的な告白でも聞いたかのように、夕月の胸はキュンと疼く。

（そんな…。僕の馬鹿…っ）

泣かせてやりたい…なんていう言葉に、うっかりときめいてしまうなんて。

（こんなの、獲物を言いなりにするための、罠《わな》に決まってるじゃないか）

リップサービスくらい、おやすいものだ。

捕らえた獲物をおいしくいただくためなら、いくらでもサービスできる。

もちろん、甘い言葉をかけるよりも、ひどい言葉でいじめるほうが、たいていのM奴隷は喜んでくれるのだが。

（僕はMじゃないから、賛美されなきゃ嫌だけど）

だからといって、いじめられて悔しがるところが魅力的だと言われても、全然嬉しくなんかない…はずなのに。

涼音の声で語られる言葉たちは、どこまでが本心で、どこまでが嘘かはわからないけれど、なぜか自然に夕月のハートにしみこんでくる。

（こんなにキチクな奴の言うことなのに、なんでだよ？）

それだけじゃない。

涼音のいじわるな愛撫のひとつひとつに、愛しさと慈《いつく》しみを感じてしまうのは、なぜなんだろう?

(僕が涼音を好きだから? それとも涼音が僕のことを本気で好きだから?)

それだけで、Sでキチクな涼音を許してしまいそうな気持ちになれるなんて、愛の力は偉大だ。

けれど、涼音がこんなふうに隠れキチクじゃなければ、きっと二人は、この世の誰よりも幸せな恋人同士になれたに違いないと思うのに。

あいにく涼音は、無害なヘタレのふりをして、獲物を誘いこみ、突然豹変《ひょうへん》して捕食を始める、手もつけられないほど非道な男だ。

水もしたたりそうなイイ男なので、獲物には困らないだろうと思うと、夕月は悔しくてたまらなくなる。

でも…。

「いつも、つきあう相手に逃げられてるんじゃないの?」

夕月が指摘すると、涼音は無言で、夕月の股間の欲望の付け根から先端へ向かって、ツーと氷をすべらせた。

「ひっ、や…っ」

さすがに男のもっとも感じやすいそこを氷で責められると、夕月の毒舌《どくぜつ》も勢いをなくす。

「このかわいい口が、いつまで生意気なことを言い続けていられるか、試してみたくなる」

物騒な言葉を零すと、涼音はいきなり夕月に口づけてきた。

「ん…っ」

最初のときと同様に、相手のやることが見えないと、ひどく不安になる。

おまけに、ブラインド状態で体に触れられると、いつもの倍以上も感じてしまうのだ。

「夕月のここ、もう濡れ濡れだな」

「違うっ」

夕月が否定すると、涼音は小さく笑って、夕月のものをつかみあげると、これみよがしにきちゅきちゅと音を立てながら、それをしごきあげた。

「あ、やっ」

敏感なそれへの直接的な愛撫にはさすがに抗えずに、夕月は、涼音の手の動きに合わせて腰を振ってしまう。

涼音の熱っぽい大きな手に、自分の欲望がすっぽり握りこまれているところを思い描くだけで、股間のそれは、むくむくと頭をもたげた。

「こんなの、フェアじゃない」

涙声になりながら、夕月は涼音を責める。

「抵抗できない相手に、無理やりひどいことをするなんて、信じられないよっ」

「無理やりというわけでもないと思うが…」

そうつぶやくと、涼音は、ずっしりとした自分の下腹の欲望を、夕月の太腿に押しつけてきた。

涼音と体を密着させる恰好になって、夕月は気づく。

どうやら涼音は、下着をつけていないらしい。

薄手の布ごしに感じる涼音のぬくもりが、敏感になった肌にはひどく刺激的で、涼音に抱きしめられるだけで、夕月の体にゾクゾクともどかしい熱がわき起こる。

「それに、フェアな恋愛なんてのも、経験したことはないな」

冷ややかに言うと、涼音は横になった状態で夕月の腰を抱き寄せ、二つの丘の谷間に、だいぶ小さくなった氷のかたまりをすべらせた。

「いやっ」

ひんやりとした感触が、秘められた入口に押し当てられるのを感じて、夕月は身をすくめる。

だが、涼音は強引に、夕月の中に、角の丸くなったそれを押しこんできた。

「やっ、体、変になるっ」

身悶える夕月をうつぶせにすると、腰だけ高くあげさせて、涼音は、氷を入れた同じ場所に、つぷ…と指をもぐりこませてくる。

「すごいな。夕月の熱で、すっかり溶けてしまった」

感心したように涼音は洩らすと、夕月の中を探るように、ぐちゅぐちゅと音を立てて指を抜き差しした。

「ここのとろけ具合もいい感じだ」

「やだっ、そんなとこ、さわるなっ」

「それは無理だな。お望みなら、いきなり突っこんでやってもいいが、それではかわいい夕月のここを傷つけてしまう。ちゃんと、ほぐして、準備を整えてやらないと」

「こないだは、ほとんどいきなりだったくせに」

夕月が責めると、涼音は、それなら…と、硬く怒張した自分のものを、夕月のそこに押し当ててきた。

「あ、やっぱり、いきなりは嫌だ…」

涼音の猛々しい先端がもぐりこもうとするのを感じて、夕月はあわてて腰を逃がす。

「本当にわがままな坊やだな」

つぶやく涼音に、夕月は、そっくりそのまま言葉を返してやりたくなる。

だが、夕月が言い返す前に、涼音は、ベッドヘッドの格子にくくりつけてあった夕月のいましめを外した。

そして、夕月の手首をつかみ、さわるなと言われた場所に導いた。

「私がさわるのがだめだというのなら、自分で慣らすんだな」

「もっと、嫌っ」

激しく抵抗するけれども、強引に腕をつかまれ、自分自身のそこをいじらされてしまう。

「あっ」

そこが想像していたような濡れ方ではなく、ひどくとろとろしているのを知って、夕月はビクリと手をひっこめた。

「さっきの氷に、なにか？」

「そう。あれは、ただの水ではなく、フルーツテイストのゼリーを混ぜて固めた、専用のローションさ」

(どうりで…)

先刻から周囲に漂っている甘いオレンジの香りの正体が、ようやくわかる。

たったいま触れさせられた自分のつぼみをいっぱいに満たしている、とろんとした感じを思い出し、ゾクンとそこを収縮させる夕月の耳もとに唇を近づけて、涼音は心配そうな声でそっとささやいた。

「初めてのときに無理をさせたから。きみを傷つけたんじゃないかと、あのあと、かなり落ちこんだ」

(たしかに、相当無理な真似はされたけど…)

「涼音のテクがすばらしかったおかげで、そんなに傷つかなかったから」

枕に顔を埋めながら、夕月は告白する。

「それなら、問題はないな」

そう言うと、涼音は、数秒前のしおらしさは幻《まぼろし》だったのか…と思わせるくらいにえらそうな態度で、夕月に背後からのしかかってきた。

「ちょっと…。体はわりと平気だったけど、心は、ものすごーく傷ついたんだから」

「そうか。だったら、今度は、前の傷も癒《い》えるくらいに気持ちよくさせてやるよ」

「自信過剰…」

思わず正直な感想を口にすると、涼音は、お仕置きだ…とばかりに、夕月の耳を咬んだ。

「痛い…っ」

夕月が耳に当たる涼音の吐息と歯の感触に気をとられている隙に、涼音は、夕月の中に一気に侵入してくる。

「あぁっ」

甘ったるいオレンジの香りのする潤滑液のおかげか、たくましい涼音のものを、思いのほかすんなり咥えこんで、夕月のそこはきゅっと収縮する。

押し出されようとするのに抵抗して、さらに奥まで突き進んできた涼音のものは、もう充分に興奮していて、夕月は、自分の中が涼音でいっぱいになるのを感じた。

「んっ、すごいっ」

「なにがすごいんだ?」

「涼音の…。大きすぎっ」

夕月は、はぁはぁと呼吸を乱しながら首を振る。

中をぎゅうぎゅうに埋め尽くしている涼音のものが、受けとめている粘膜を内側から押し広げようとしている感覚に、クラクラとめまいがして。

「気持ちいいんだろう?」

キチクな声で、涼音が訊いてくる。

「全然っ…」

突っこまれただけで、気持ちよがっていては負けの気がして、夕月はまだ余裕のあるふりをする。

「嘘つきだな、こっちの口は」

涼音は苦笑を洩らすと、てのひらで夕月の頬をとらえ、強引に横を向かせた。

「なに?」

「お仕置き…」

唇に触れる涼音の吐息がそうささやいたかと思うと、夕月は、唇を塞がれていた。

「ん…っ」

涼音の熱っぽい唇が、深い角度で重なってくる。

（やっぱり、キス、最高にうまい…）

夕月は、自分がどんな恥ずかしい恰好を強いられているかも忘れて、うっとりと涼音のキスを受けとめる。

けれども…。

「淫乱だな」

舌の先で夕月の口腔をくすぐりながら涼音がささやくのを聞いて、自分がどんな痴態《ちたい》を見せているのか、思い出してしまった。

目隠しされて、獣《けもの》みたいに腹這いにさせられ、うしろから貫かれながら唇を貪られ、感じている自分の姿を脳裏に思い浮かべて、夕月は恥辱《ちじょく》に身を震わせる。

にもかかわらず、体の奥は痛いほどに疼いている。

下腹からせりあがってくる淫らな情欲に抗えずに、夢中で自分のほうからも舌をからみつかせると、体の中にいる涼音がビクッとふくらんだ。

「んあぁ、んっ」

涼音のそれで奥までガンガン突き上げられるのを想像して、夕月は腰を震わせる。

と同時に、自分自身の先端を、びゅくっと先走りの蜜で濡らしてしまった。

「いやらしくて、かわいいな…。夕月のここは」

涼音はつぶやくと、そこからしたたってる、ぬるぬるした液体を、指先で夕月の先端にぬりつけるようにしながら、撫でまわし始める。

「も、やだよ…」

感じすぎて、夕月は涙声で哀願する。

股間からだけでなく、目もとも熱いもので濡れている。

すると、いきなり涼音のものが、夕月の深い場所までググッと突き進んでくる。

「あぁんっ」

こらえきれずに絞めつけると、涼音のものは、もっと硬く獰猛《どうもう》な形状に変化したかのように、夕月の上底に突き刺さった。

「あ、だめっ」

だめじゃないくせに…と耳もとで笑われるのを覚悟したのに。

「そうか、だめなのか」

意外にも涼音は、そう言って、あっさり腰を引く。

もちろん、猛々しい熱いそれが、引き抜かれる瞬間にも、死にそうに感じてしまったけれど…。

「無理やり激しく責められるのが、夕月は好きだと勝手に思っていたが、やはり私の勘違《かんちが》いだったようだな」

「……っ！」

こんな状況でなければ、『最初からそう言ってるだろう…』と、平手打ちのひとつでも、お見舞いしてやるところなのだが。

これから一気に、加速するように激しく突き上げられるものだとばかり思っていただけに、逆に期待を裏切られた気分になる。

獲物を取り逃して物欲しげにヒクヒクと疼いている内壁と、連動しているみたいに震える体をなだめようとして、シーツにしがみついた。

願いが聞き入れられたというのに、ひどくみじめだ。

無理やりされて嫌がっているつもりだったのに、本当は、してほしくてたまらない自分に気づかされて。

「意地悪…」

思わず洩らすと、涼音のてのひらが胸もとにすべりこんできた。

「初めてのときにひどくしすぎたから、これでも気をつかっているつもりなんだが…」

低い声が、耳もとでささやくけれども、とてもそのまま信じる気にはなれない。

相手は、真性のSだ。

きっと夕月に、泣いて乞《こ》わせるつもりだ。

（ひどくしてください…って）

本当ならば、夕月のほうが、相手にそんなふうに乞われて、快感を味わっているところなのに。

(悔しい…っ)

絶対に屈服《くっぷく》なんてしない。

頭ではそう思っているのに、大きなてのひらに胸をもまれ、ゆるやかな動きで股間の欲望を煽られると、腰に当たる涼音のものにどうしても意識がいってしまう。

それに、腰の谷間を押しつけたくてたまらない。

淫らに疼いているつぼみの中に誘いこみたくてたまらない。

そんな自分の欲望と、夕月は必死に戦う。

「んっ、あぁっ」

涼音のたくましいものに、感じやすい粘膜を情熱的にこすりあげられるのを、頭の中でシミュレートするだけで、息があがって、体が甘く震えだす。

(欲しい、欲しい、欲しい!)

もう、それしか考えられなくなってしまう。

それでも、我慢して、小刻《こきざ》みに体を震わせている夕月に、根負けしたように涼音は体を重ねてきた。

「こんなにおいしそうな夕月を前にして、行儀よくお許しを待つなんて、私には無理だ」

涼音は切なげに告白すると、夕月の腰を高く持ち上げ、深い角度で熱のくさびを突き入れてきた。

「あっ、や…っ」

欲しくてたまらなかったものを与えられて、悦《よろこ》びに体中震わせているくせに、夕月は、いやいやをする。

「意地っぱり…」

責めるように耳を咬まれ、それにも感じてしまうのに。

「嫌い、涼音なんか嫌いだからっ」

お預け状態で苦しめられた悔しさが忘れられずに、夕月は叫んだ。

「私はこんなに好きなのに…」

恨めしげにそう言うと、涼音は、さっき夕月が心の中で望んだとおりに、大きな動きを次第に速いものにしていく。

「あっ、いやっ、やぁっ」

「いやだって？　よく言う。ここ、こんなによだれたらして、よがってるくせに…」

すでにぐしょぐしょの夕月の股間を、乱暴にしごきながら、涼音が責める。

「ここだって…」

「ひぁっ」

一度入口近くまで引き抜かれ、角度を変えて、ふたたび勢いよく攻め入ってきたものに、もっとも感じる部分を激しくこすりあげられて、夕月は悲鳴をあげた。

快感のあまり、そのまま意識を手放しかける夕月の膝を、涼音はいきなりつかみあげる。

「な…に？」

返事の代わりに、涼音は繋がったままで、夕月の体をぐるりと裏返した。

「あ、あぁっ」

喉はかれて、声を出すのもつらいのに、内壁をねじるようにこすりあげられ、夕月はまた叫んでしまう。

「夕月…」

涙でぐしょぐしょになった目隠しの布が、ふいに外されるのを感じて、そっと目を開くと、ぼやけた視界の中に、端正な涼音の顔が浮かびあがる。

眼鏡のない、美しい顔。

でも、キチクで意地悪で、最低のサディストの顔。

それなのに、涼音の瞳は、切なげに潤んで、揺れている。

自分の瞳が濡れているせいだと、夕月は思いこもうとするけれど…。

激しい口づけのさなかに、涼音がすがるようにささやくのを聞いて、やはり見間違いではなかったと悟る。

「好きなんだ。自分でもどうしようもないくらいに…」

夕月の舌を痛いくらいに吸って、涼音はささやく。

「でも、泣かせてしまう。泣き顔が愛しくて…」

「や…」

きつく抱きしめられて、夕月は少しだけ抗うが…。

「怖いんだ。あの日みたいに、きみがこの腕から消えてしまうのが」

「涼音…？」

濡れた瞳を覗きこむ前に、もっと強く抱きしめられる。

しがみつくように夕月の体を両腕に包みこんだ体勢で、涼音は、ゆっくりと腰を動かす。

「あっ」

激しく突かれる快感とはまた違った…あたたかなぬくもりに、夕月のそこは悦びの悲鳴をあげる。

「んっ、んっ」

ぐちゅり、ぐちゅり…と、ゆるやかに突き上げられながら、夕月は、中で熱く脈打っている涼音のものを夢中で絞めつける。

愛しくてたまらない。

傲慢《ごうまん》の限りを尽くしているくせに、愛を求めるみたいにすがりついてくる、この…困った男が。

「夕月…、どこにもいかないでくれ」

深く突き入れられながら懇願されて、夕月の胸は震える。

求められることが、どれほど心地いいかを知って…。

やり方はむちゃくちゃだけど、こんなふうに誰かに必要とされたのは、きっと初めてだ。

「涼音…。ほんとにいいの？」

涼音の首に両腕をまわして、あやすように髪を撫でながら、夕月は訊く。

「僕、ほんとにわがままだよ？」

夕月が言うと、涼音は首を横に振る。

「それは違う。夕月は本当は、面倒見がよくて優しい子だ」

「……」

そんなふうに言われたのなんて、ものすごく久しぶりだ。

幼児のころに、転んで泣いている花月の手を引いて、帰る途中に、近所のおば様にそう言われたのが最後。

そのときも、実は、夕月が花月を突き飛ばして、転ばせたのだけど。

たしかに、すぐに迷子になる方向音痴《おんち》の花月を捜しにいっては、捕獲して、叱《しか》って泣かして連れて帰るのが、幼い夕月のミッションみたいなものだったけれど。

「優しくなんか、ないよ」

涼音の耳にそっと口づけながら、夕月はささやく。

「僕に夢を見ていると、後悔するよ」

夕月はそう念を押す。

あとで詐欺《さぎ》だと責められては困るから。

いつもなら、だまされたと悔しがる相手を見るのも、楽しみのひとつだったのに。

涼音に、そんなふうに責められたら、耐えられそうにない。

特別な人だから…。

(天然キチクの意地悪なS男だけどね)

「後悔しないよ」

「え？」

いま、心の中でつぶやこうとしていた言葉を、涼音に言われて、夕月の胸は甘くはねる。

「僕も涼音に」

そばにいてほしい…。

そう告白しようとしたのに。

「私に、いじめてほしいんだろう？　そのくらい、わかってる」

涼音は言うと、自分が下になって、夕月の肩を押した。

「なんだよ、これ？」

「騎乗位《きじょうい》…」

「そんなことくらい、わかってるよ！」

あとは、優しく抱きしめられたまま、一緒にフィニッシュ…。

そう信じていたのに、またしても恥ずかしい恰好を強いられて、夕月は思わず声を荒げて、涼音をにらむ。

「普通に簡単に終わらせるんじゃ、つまらないだろう？」

文句を言われるような真似はなにもしていないとばかりに、涼音は眉根を寄せた。

（どこが、普通で簡単だって？）

夕月がそうツッコミを入れる前に、涼音はおもむろに手を伸ばして、夕月の胸の突起を、クリッとつまみあげた。

「…ぁっ」

「夕月が、いやらしく身悶えながらイクのが見たいんだ」

そうささやくと、涼音は、形のいい長い指先で夕月の乳首をクイクイとこねまわしながら、腰をゆるやかに上下させる。

またしても無理やり従わされて、悔しくてたまらないのに、腰が勝手に揺れてしまう。

「あ、はぁっ、んっ」

胸もとや、顔、そして股間に突き刺さる、涼音の視線を感じて、火がついたみたいに体が熱くなる。

「もっと、腰を振るんだ。でないと、いつまでもこのままだぞ」

気がつくと、涼音の指は、夕月の欲望の根もとに巻きついて、解放を妨げている。

「ひどいっ。キチクっ」

「どこがだ？　こんなのは、優しいうちだ」

涼音は不満そうに瞳をすがめると、空いた片手で夕月の細い腰をつかむと、強引に激しく揺さぶった。

「あんっ、あっ、やめ…っ」

めちゃくちゃに内壁を突いてくる涼音に煽られて、夕月は思わず身をのけぞらせる。

「嫌がるわりには、いい声で啼《な》くな」

「悔しいっ！　涼音のバカっ」

指に触れる涼音の太腿に、鋭く爪をたてながら、夕月は叫ぶ。

「く…」

涼音はかすかに眉根を寄せると、仕返しのように腰をまわしながら、フッと笑った。

「嘘はつくな。こっちの口は、うまそうに私のを咥えてるくせに」

「な…っ」

笑われたのが悔しくて、腹いせに繋がりを解こうとするけれど…。

「ひぁっ」

失敗して、また深い場所まで突き上げられてしまう。

「そろそろ素直になったらどうだ？」

さっきまであんなにしおらしかったくせに、涼音はもうすっかり暴君に戻っていて、持ち主とそっくりのキチクなそれで、夕月を泣かせる。

「やぁっ、はっ、あぁっ」

涼音のものをきゅうきゅうと絞めつけながら、より深い快感を得るために、闇雲に腰を振ってしまう自分を、夕月は呪《のろ》う。

けれども、繋がっているそこは、とろけそうに熱くて…。

「夕月、かわいい…」

「あぁっ！」

中をいっぱいに埋め尽くした涼音のものに大きく突き上げられ、意識が遠のきかけた刹那《せつな》、夕月の根もとを絞めつけていた指が、ふいに外される。

「ひぁぁっ」

解放を許された熱いものがせりあがって、勢いよく噴き出す瞬間の激しい快感に耐えきれずに、きつく収縮した夕月の粘膜が涼音を激しく絞めあげる。

「や、あぁん…っ」

「く…っ」

低いうめきを洩らして、涼音がドクンと熱情を叩きつけるのを感じながら、夕月はまた意識を手放していた。

TRAP★6〔Sでごめんね★〕

「ただいま…」

夜中すぎに、自分の部屋へ戻ってきた夕月は、ドアを開けて、石のようにかたまる。

オレンジ色のほの暗い夜間照明の中で、花月のほかにもう一人、見知った顔が、死ぬほど驚いた顔で、夕月を見上げていたからだ。

花月は、最近気に入って寝巻き代わりにしている、夕月のとおそろいの薄い襦袢を、前をはだけた状態で羽織っているが、その下に組み敷かれている竜司は、どうやら全裸らしい。

「なにしてるんだよ?」

「あっ、その…」

夕月の視線から隠すように、竜司を腕の中に抱きしめながら、うろたえたように花月は長い前髪をかきあげた。

「祐介が、夕月は今夜帰らない…って言ってたから」

「リュージを連れこんで、いいことしてたわけだ?」

「いや、その」

現場を押さえられてしまっては、言い訳しようもなく、花月は頭をさげる。

「ごめんなさい」

「謝られてもね…」

夕月は、大きくため息をつく。

「鍵《かぎ》をかけてやるくらいの気がまわらないのかな、このおたんちんは」

「オタンチン？」

花月の脳内辞書に、その単語はなかったのか、戸惑うように首をかしげる。

「アレも立たないような情けない奴のことだよ」

「おー、チン立たないって意味ですね」

ひとつ利口になったとばかりに、花月は感心したようにうなずくが…。

「オウッ、ノー」

竜司につねられたらしく、悲鳴をあげる。

「間抜け…って意味だよ。このおたんちん」

竜司は、怒りに低くした声をひそめて言うと、さらに花月を責めた。

「なんで、鍵しめてないんだよ？」

それに対して、花月は能天気《のうてんき》に答える。

「リュージを抱きしめた途端、頭のネジが全部弾《はじ》けとんでしまって」

「はぁ？　ふざけるのもたいがいにしろよっ」

気の短いタイプらしい竜司は、花月の言い訳に我慢ならなかったらしく、耳をひっぱって花月を泣かせている。

「ノー！　痛いです、リュージっ。痛いのは、あなたの狭いあそこに入るときだけで充分」

「この馬鹿！」

竜司は真っ赤になって、グーで花月をなぐっている。

「こんなぼけなすとつきあうなんて、リュージも、もの好きだな」

夕月が言うと、花月はまた混乱したように訊き返した。

「ボケナス？　ボーナス？」

「俺、帰る」

花月を押しのけようとする竜司に、花月は、

「いやです。絶対に許しませんーっ」

と、駄々《だだ》っ子《こ》のようにしがみついている。

それを見て、夕月は、はぁ…とため息をついた。

(わかりやすい奴…。リュージがうらやましい)

そう、花月は、夕月の理想のタイプだ。

(血の繋がりなんか気にしないで、さっさと襲ってしまえばよかったかな)

そうすれば、扱いにくいS男相手に、泣かされることもなかったのに。

(花月をいじめて、一生楽しく暮らせばよかった)

思わずリュージを部屋から追い出して、エッチの途中でまだ猛っているであろう花月のものを、もてあそんでやりたい衝動に駆られるが。

(いや、やめとこう)

日本に来る前ならまだしも、最近花月は一人前に自己主張をするようになって、なかなか夕月の思いどおりにはならない。

無理に襲ったりしたら、反撃にあうに違いない。

双子でも、花月は夕月よりずっと大きいし、拒《こば》まれたら自分の心が傷つく。

それに…。

(涼音…。憎たらしいけど、好きなんだよなぁ)

寝ているふりをして、涼音がシャワーを浴びている隙に、抜け出してきてしまったから、また涼音を傷つけたかもしれない。

(でも、一緒にいたら、朝までまた何度イカされるかわからないし…)

けじめがないのは、涼音だけじゃない。

夕月自身も、涼音の引き締まった体を見ていると、すぐにまたしたくなってしまうのだ。

心の相性は最悪なのに、体の相性は最高らしい。

「ま、いいや。僕、リビングのソファーで寝るから」

「でも、悪い」

花月の下から這い出ようとしていた竜司が、申し訳なさそうに言う。

「いいえ、そのうち体で返してもらうから」

そんな台詞で竜司と花月を震え上がらせると、夕月は、ベッドに近づき、花月の羽織っている襦袢を剝ぎ取った。

「わ…」

「これ、借りてく。それに、これも…」

ベッドから落ちかけていた掛け布団もかかえ上げる。

「ご無体《むたい》な」

「なに言ってるんだよ。おまえたちには、あったかい肉布団があるだろう？　僕は寂しい一人寝なんだから」

布団を引きずりながら、廊下へ出ようとして、夕月は恨めしげな花月を振り返ってつけ加える。

「文句あるなら、祐介たちを叩き起こして、布団借りるけど？」

本当はお座敷の押入れに、いくらでも寝具はあることくらい、知っているのだが。

「じゃあ、風邪《かぜ》ひかないようにね」

そう言って夕月がドアを閉める前に、くしゅっと花月がくしゃみをするのが聞こえてきた。

「眠れない…」

お風呂で、念入りに体を洗ったあと、花月から奪い取った襦袢を素肌にまとって、こっそりキャビネットの中のブランデーをグラスにちょっぴり注いで、寝酒にいただいたまではよかったけれど。

いざリビングのソファーに横になり、羽根布団をかぶって眠ろうとしても、置き手紙もなく一人残してきた涼音のことが気になって、目が冴《さ》えてしまう。

(まずい。このままでは、寝不足で、また目が赤くなる)

また祐介たちに、泣いたなんて思われて、あれこれ勘ぐられるのは、ごめんだ。

「羊《ひつじ》が一匹、羊が二匹、羊が三匹…」

黒い羊のほうがより眠気を誘うだろうと考えて、それが塀《へい》を飛び越えるところを想像しながら十四匹くらい数えたところで、涼音の愛用している黒いTバックのことを思い出してしまう。

そうなるともう、羊ではなく、Tバックのことしか考えられなくなる。

(Tバックが十一匹、Tバックが十二匹)

黒いシルクがヒラヒラと塀を飛び越えるのを数えているうちに、夕月はなんだか体が熱くなってくるのに気づいた。

「いまごろブランデーがまわってきたのかな?」

体があたたまっているうちに寝てしまおうと、ソファーの背もたれに顔を向けて丸くなりながら、Tバックの続きを数えようとした夕月は、今度はついうっかりとその中身を思い出してしまった。

「…ぁっ」

舐めろ…というように目の前に突き出された、涼音の立派な肉棒が、チョコバナナのように反り返って、閉じたまぶたの裏で揺れる。

「ん…」

思わず舌で唇を湿らせ、それに舌を這わせようとして、夕月はハッと我に返った。

「ノー、だめです。悪魔の誘惑に負けては…」

しかし、目を閉じると、脳裏にやきついた涼音の欲望の輪郭《りんかく》が闇に浮かびあがって、夕月を誘うように揺れる。

「そんなバナナ…」

なんて、だじゃれを言っている場合ではない。

それにかぶりつくのを必死に我慢しているうちに、自分の欲望が、興奮して頭をもたげてくる。

「…ぁっ」

思わず指を股間にすべらせて、そっと握りこむと、それはますます元気よく反り返った。

(こんなことなら、向こうに泊めてもらって、涼音にしてもらえばよかった)

でも、それでは足腰立たなくされそうなので、やはりはばかられる。

(あんなにやったのに、まだ元気が残ってるなんて、ほんと…僕って、絶倫《ぜつりん》)

夕月は吐息をもらすと、自分の欲望をゆるく刺激する。

(なんで、僕だけ、一人でこんなことしなきゃならないんだよっ)

情けなくてたまらないのに、目を閉じると、夕月のものを舐めたあとの涼音の濡れた唇が脳裏によみがえって、あちらこちらがゾクンゾクンと疼いた。

おまけに、涼音の荒々しい愛撫に慣らされた夕月のそこは、ゆるやかな慰めでは物足りないというように、絶頂へと駆け上り始める兆《きざ》しさえみせない。

(あ、そんな…)

どうやら、涼音を調教してやるつもりが、逆に、涼音じゃないと反応しない体に調教されてしまったらしい。

(じゃあ、僕は、これから一人ではイケないってこと?)

それどころか、涼音にされなきゃ嫌だ…と体が駄々をこねている。

そんなの、困る。

ひどくされたあとだけに、たまたま感覚が異常になっているだけだと、夕月は思いこもうとするけれど。

（だめだ…）

アルコールも手伝って、下腹には熱のかたまりが宿っているのに、自分自身でどんなに乱暴に、そこをもんで、しごいても、なかなか終わりにはたどりつけなかった。

（もうギブアップかも）

夕月は、まだ硬いままの欲望を、襦袢の中にしまいこんで、体を起こす。

（仕方ない。ちょっと外の空気にあたって、頭…冷やしてこよう…）

そうしたら、体も、うまい具合に鎮火《ちんか》してくれるかもしれない。

最初は、ベランダに出ようとした夕月だったが、涼音はもう眠っただろうか…と急に気になって、玄関にユーターンする。

コートを取りに部屋に戻ろうとしたが、さすがに今度は鍵がかかっているだろうと思い直して、さっき出かけたとき着ていた…縁にほわほわの毛のついているデニムの上着を、肩に羽織った。

外廊下に出た途端、周囲の気温が、一気に二十度近く下がる。

「風邪ひきそう…」

ゾクリと体を震わせると、夕月は廊下の手すりにつかまって、真向かいの涼音のマンションを眺めた。

「どこだっけ？　涼音の部屋」

一度行ったきりなので、外から見てどの位置にあるかまではよくわからず、灯《あか》りのついている部屋を探して、視線を走らせていた夕月は、十階のベランダからこちらを見ている人影に気づいた。

「うそ…！　涼音…？」

向こうも、こちらに気づいたらしく、ふいにきびすを返して、部屋の中に戻ってしまう。

「嫌われたかな？」

やっぱり…と夕月は思う。

二度も逃げだせば、誰だって、こっちにその気がないと、勘違いするだろう。

しかし、それならなぜ、こんな夜中に、寒い中わざわざベランダに出て、こちらを見ていたのだろう？

(星でも眺《なが》めたくなっただけなのかも…)

そう自分に言い聞かせると、夕月は、ブルッと体を抱きしめる。

ブランデーがきいていたのか、いままではそれほど寒さを感じなかったのに、急に体の芯《しん》まで冷えてくる。

「僕も、そろそろ部屋に…」

戻ろうとしたそのとき…。

夕月は、向かいのマンションのロビーから外に駆け出してくる涼音の姿を見つけた。

よく見ると、涼音の恰好は、黒の薄手のガウン一枚。

こんな寒い夜更《よふ》けに、そんな恰好で外に突っ立っていたりしたら、どう見ても不審者だ。見まわりのポリスマンに訳ありと間違えられて、あれこれ質問されてしまうに違いない。

上から、戻るように夕月が手で合図しても、涼音は、いやだというように首を横に振る。

夕月は、はぁ…とため息をついた。

「困った奴…」

でも、放っておけない。

「仕方ない…」

夕月はつぶやくと、素足にサンダルで、ヒタヒタと廊下を駆け出す。

エレベーターが一階についてドアが開くなり、鉢合わせた飲み会帰りのサラリーマンらしきマンション住民が、襦袢の裾をヒラヒラさせながら玄関に向かって走る夕月を、目をこすりながら振り返る。

だが、夕月の目には、もはや玄関の強化ガラスの壁にもたれて、彼が来るのを待っている、涼音の姿しか映っていない。

玄関の自動ドアを抜けると、夕月は、似たり寄ったりの薄着の涼音に抱きつく。

案の定、涼音の体も冷え切っていて…。

涼音の腰に両腕をまわしてしがみつく夕月の肩を、涼音が抱き寄せる。

そして、二人は冷え切った体に残されたぬくもりを互いに分け合うように身をよせあいながら、涼音のマンションへ向かった。

「なぜ、黙って出ていったんだ？」

二人っきりのエレベーターの中で、夕月の予想どおり、すでにSキチクモードの涼音が、不機嫌全開で尋ねる。

理由はいろいろある。気持ちもかなり複雑。

だが、もっとも簡潔《かんけつ》に言いあらわすとしたら、これしかない。

「意地悪の仕返し…」

涼音の胸もとに顔を押し当てながら、夕月は答える。

「意地悪などしていない」

天然らしく、自覚のない涼音は、この期に及んで、怒ったように反論する。

「したよ。ここと…ここで…」

夕月はため息をひとつ洩らすと、片手の人差し指で涼音の唇をつつき、もう片方の手では涼音のまとっている黒いシルクのガウンの股間を、思わせぶりに撫で上げた。

「な…」

大胆な夕月の言動に、戸惑うように、涼音は瞳をすがめる。

「だから、お仕置き」

さらに夕月は言うと、背伸びをしながら、両腕を涼音の首にまきつけた。

しがみついた拍子に、肩にひっかけていただけの夕月の上着がエレベーターの床に落ちて、パサリと音を立てる。

けれど、それにはかまわずに、意地悪なくせに魅力的な涼音の冷え切った唇に、自分の唇を咬みつくように押し当てた。

「じゃじゃ馬だな」

長い指で眼鏡を外し、ガウンのポケットにすべりこませながら、涼音はつぶやく。

そして、いきなり夕月を抱きしめると、熱い舌で唇をこじ開けにかかった。

「意地悪なのは、夕月のほうなのに」

低い声が、責めるように告げたかと思うと、きゅっと舌を吸われた。

「んっ、…ぁっ」

「でも、かわいくてたまらない」

吐息混じりの甘いささやきが、涼音の唇から零れる。

「んぁ…ん」

熱っぽい涼音の舌に舐めまわされ、燃えるような吐息でなぶられて、夕月の凍《こご》えた唇は、あっけなく溶けてゆく。

とろけそうなキスのせいで、一度は鎮《しず》まりかけていた股間の欲望までもが、またむくむくと頭をもたげてしまう。

あわてて腰を引いた途端、涼音の腕に、強引に抱き戻された。

「ほら、あいこだ」

夕月をきつく抱きしめると、涼音は自らのたくましい昂《たか》ぶりを夕月の股間にすりよせる。

「あ…」

「…ぁっ」

それだけで、夕月は、達してしまいそうになるのを必死にこらえた。

十階に着いて、涼音の部屋の玄関にすべりこむなり、襦袢のあわせからもぐりこんできた涼音の手に胸もとを探られる。

「や…」

感じやすい突起を指先で撫でまわすようにしながら、胸を淫《みだ》らにもまれると、甘い情欲がもやもやと体を充《み》たし始める。

思わず座りこみそうになる夕月の腕をつかんで、ドアに押しつけた涼音は、はだけてあらわになった紅色の乳首に、唇で吸いついてきた。

それと同時に、涼音の膝が、夕月の太腿を割り開くようにもぐりこんでくる。

「んっ、やぁっ」

下着をつけていない欲望を、涼音の太腿でこすりあげられ、夕月は思わず声をあげた。

「だめっ」

胸と股間を別々に愛撫され、甘く呼吸を乱しながら、夕月はのけぞる。

指の力が抜けて、エレベーターを降りるときに拾い上げた上着が、また夕月の手から床に落ちる。

それを拾い上げようとして、涼音が、斜めに身をかがめる。

その髪に愛《いと》しげに手を這わせると、涼音は、ちょうど目の前で淫らに襦袢の布を押しあげている夕月の欲望に気づいたのか、いきなりそこに口づけてきた。

「あっ、あぁっ」

熱い口の中に、なまのそれを、じゅぷっと咥えこまれて、夕月はガクガクと膝を震わせる。

「せっかちだな。ここ…、いやらしい蜜で、もうこんなにぬるぬるにして」

恥ずかしい言葉でいじめると、涼音は、ふいに夕月の足もとに跪《ひざまず》いた。

「…ぁっ」

両手で夕月の欲望を掲げ持った涼音は、濡れた舌を淫らにうごめかせながら、それの裏筋に舐め上げてくる。

ゆっくりと焦《じ》らすように這い上がった舌が頂点に達すると、ぬるぬると蜜のあふれる夕月のその先端を、涼音は唇でゆるやかに愛撫した。

「あっ、あぁっ」

じゅぷっ…じゅぷっ…と淫靡《いんび》な音を響かせながら、先端を深く浅く咥えこむ涼音のリズムにあわせて、夕月も艶《なまめ》かしく腰を振る。

「も、立ってられない」

涼音の髪を両手の指でかきみだしながら、切なげにうながすと、涼音はいきなり立ち上がって、夕月の体を横抱きにかかえあげた。

「私も一緒に…気持ちよくなっていいか？」

リビングに向かう廊下を大股に進んでいきながら、涼音が訊いてくる。

「だめ…って言ったら？」

首にしがみつきながら、夕月が訊くと、涼音は一瞬黙った。

だが、すぐに容赦なく言う。

「このまま外に放り出す！」

「じゃあ、だめじゃない…」

夕月がそう言うと、涼音は「当然だ」とつぶやいた。

「かわいくない…」

夕月は唇を尖らせる。

でも、そんなかわいくない涼音も、愛しくて仕方がない。

ちょっとヘタレっぽいときの涼音は、抱きしめてキスの雨を降らせてやりたいくらい、好みでかわいくて愛しいけれど…、目の前の涼音も充分に愛しいと思っている自分に、夕月は驚く。

（僕って『あばたもえくぼ』タイプだったんだ？　意外…）

これまでは、『あばたはあばた、えくぼはえくぼ』ときっぱり言い切れる、キチクなSのつもりだったのに。

（恋しちゃったら、欠点だって、まるごと愛せちゃうものなんだね）

涼音もそうであってくれることを、夕月はひそかに祈る。

リビングの偽物の暖炉《だんろ》の前にある、大きな丸いクッションに上半身が乗っかるように寝かされた夕月は、少しも我慢できないといった感じで、性急に体を重ねてくる涼音の頬にてのひらを当てながら訊いた。

「僕が、だめって答えたら、ほんとに外に放り出すつもりだった？」

「まさか…」

迷わず、涼音は答えた。

「放り出すくらいなら、無理やり、やる」

「あ、そ…」

（やっぱり、かわいくない…）

でも、さすがだな、とは思う。

（こんなキチクが相手なら、僕も、どんなひどいことをしてもいいかも…）

一瞬そう思うけれど。

凍《い》てつく夜風の中、夕月を見つめていた涼音のすがりつくような瞳を思い出して、キュンと胸が痛む。

(ずるいよ。自分は好き勝手するくせに…)

夕月が好き勝手すると、傷つくなんて。

けれど、そんなところがまた…たまらなく愛しくて、夕月は、両手で包みこんだハンサムな顔を優しく引き寄せ、ちゅくっと唇をついばんだ。

見かけは無害な大型犬。

でも、中身はキチクなオオカミ。

なのに、寂しがりやで傷つきやすい、困った恋人。

花月は普通の方向音痴で手がかかったけれど、涼音は心が方向音痴みたいだ。

(僕が手を引いてあげなきゃ、迷子になっちゃうね)

体ではなく、その心が…。

(守ってあげたい)

涼音自身が、そう望んでくれるのならば…。

(ずっとそばにいてあげたい)

そんな想いで胸をいっぱいにしながら、夕月は涼音の黒い瞳を覗きこむ。

「夕月…」

涼音は、戸惑うように夕月を見つめ返した。

「どうしたんだ、急に…」

「急に…って、なにが？」

夕月はとぼけて、涼音に訊《き》き返す。

(僕も、涼音に負けないくらい、素直じゃないよな)

お互い、欲望には、めちゃくちゃ素直なのに。

(ずっとそばにいてほしいのは、僕のほうかも…)

ふと、夕月は気づく。

たった一人でいいから、誰かに必要だと思ってほしかった。

そう。ずっと、それを望んでた。

(でも、涼音は、どこにも行かないでくれ…って僕に言ってくれた)

寂しがりやのこの獰猛《どうもう》なペットは、ほかの誰でもない、夕月を必要としてくれているのだ。

(僕も、涼音じゃなきゃ嫌だ。ほかの誰も、涼音の代わりなんかにはならない)

「好き…」

ふたたび唇を押し当てながら、告白すると、涼音がビクンと瞳を見開く。

「なんだって？」

もう一度言ってくれ…と、まなざしでねだられ、夕月は黙る。

こんなふうに甘い瞳に見つめられながらでは、とてもじゃないけど、好き…なんて、言えない。

照れくさいし、心臓がドキドキ騒ぎすぎて、壊れてしまう。

「無理やりのほうが好きなの？　って訊いたんだけど」

夕月がごまかすと、涼音はがっかりしたように、ため息をついた。

「別に、そういうわけではない…」

「うそ。いじわるなことしてるときって、涼音、なんだか生き生きしてるけど？」

「夕月のほうこそ、俺を困らせるつもりのときは、瞳が輝いてる」

いまも…と涼音はつけ加える。

「じゃあ、やっぱり僕たち、素直じゃないほうが相性いいってこと？」

わざとツンとして夕月が訊くと、涼音は哀しそうな目になって、夕月の指に唇を寄せた。

「たまには、甘えられたい」

「え、ええーっ？」

絶対に甘やかさないぞ！　というオーラを放っている張本人が、そんなことを言い出すなんて。

「初雪降っちゃうんじゃない？」

本気で心配になる夕月を、涼音は突然優しく抱きしめた。

「決めた。今夜は、徹底的に甘やかす」

夕月の承諾もなく、涼音は勝手に決定する。

(ほら、やっぱり、無理やり…じゃないか)

夕月は呆れる。けれども、甘やかされることに関しては、もちろん夕月に異存はなかった。

「僕のお願い、なんでも聞いてくれる?」

甘えるように涼音の腕にすがりつきながら、上目遣《うわめづか》いで夕月はねだる。

「ん? あ、あぁ…」

いきなりかわいこぶる夕月に、顔をこわばらせつつも、涼音はうなずく。

「やったぁ。優しい涼音も、大好き」

やりすぎて、涼音がキレるとまずいので、かわいいふりはそのくらいにして、夕月はその場に正座する。

「目隠し…して」

「なんだって?」

涼音は驚いたように、まなざしをあげて、夕月を見つめた。

「だめ?」

「いや…。だめじゃないが…」

涼音は、口ごもる。

「あれが気に入ったのか？」

不思議そうに瞳をまたたかせながら訊く涼音に、夕月はうなずいた。

「まぁね」

「わかった…。願いを聞いてやるって言ったしな」

涼音は、探るような視線を夕月に投げながら立ち上がると、目隠しの黒い布を持って戻ってくる。

「ほら…」

自分でするか？　と目隠しを手渡す涼音から、それを受け取ると、夕月は正座の姿勢から、身を乗り出すよう膝立ちになって、涼音の顔にその布を巻きつけた。

「なにをする？」

怒ったように手首をつかむ涼音に、そっと口づけながら、夕月はささやく。

「涼音に目隠しして…って、言ったつもりだったんだけど」

とぼける夕月を、涼音は、黒い布を目もとからずらしながら、にらむ。

「冗談…」

「じゃないよ。さっきは僕がしたから、今度は涼音の番。なんでもお願い聞いてくれるんでしょう？」

「……」

恨めしげににらんでいる涼音に、夕月は、にっこり笑って言った。

「日本男児に、二言《にごん》はないんだよね？　嘘ついたら、腹切りだって？」

「わかったよ。すればいいんだろう？　目隠し…」

さすがに切腹は嫌らしく、涼音は、いさぎよくうなずいた。

長めのはちまき状の布を、頭のうしろで結ぶと、涼音は顔をあげる。

「これでいいか？」

「いいよ」

「しかし、私に目隠しさせて、いったいなにがしたいんだ？」

いぶかしげに訊かれて、夕月は、ふふ…と笑った。

「いろいろ…」

夕月は意味深にささやくと、涼音の体を、最初自分が寝かされた大きなクッションの上に押し倒した。

「気持ちよくしてあげるから、暴れないでね」

これからなにが始まるのかわからず、不安なのか、息をひそめて窺っている涼音の耳もとで、クスクス笑いながら言うと、夕月は涼音のガウンの腰紐《こしひも》をするりと外した。

そして、それで、涼音の両手首を、体の前でひとくくりに縛ってしまう。

「仕返し…なのか？」

声を殺して尋ねる涼音に、夕月は、ノーと耳打ちした。

「僕を気持ちよくさせてくれた、お礼…」

ちょっぴり手荒なやり方だったけどね…。

そうつけ加えると、夕月は、涼音の黒い下着を指でツーッと引きずりおろして、長い足から抜き取ってしまう。

そして、ガウンを大きくめくると、すでに天を向いている涼音の欲望を、じっと見つめた。

(うわ…っ、相変わらずゴージャス)

こんなふうに目隠しされて、手首の自由を奪われているくせに、涼音の股間のものは、少しも元気を失っていない。

ゴクリと喉を鳴らして、夕月は覚悟を決めると、雄々《おお》しく反り返っている涼音のそこにおずおずと唇を寄せた。

「く…っ」

男の中心を、突然、とろりとした口腔に咥えこまれて、涼音は低くうなる。

「んっ」

夕月がさらに深く口に含むと、涼音のそこはギュンと勢いを増して、夕月の上顎を突いた。

「くふ…っ」

それに必死で舌を這わせながら、夕月は、小さく息を呑んだ。

(これで僕を、泣かせてるんだ?)

そう思うと、下腹の奥が、カァッと熱くなる。

涼音のものはたくましすぎて、まだ三分の一も飲みこんでいないのに、すでに窒息しそうだ。

「涼音の、すごい…っ」

唇と舌を使って、ちゅぷちゅぷと夢中で愛撫しながら、夕月は思わず賞賛の声をあげる。

そんな夕月の頭を、ひとつに縛られた両手で涼音が優しく撫でた。

「夕月のも、咥えさせろよ」

「え?」

涼音の誘いに、ドキンと心臓をはねさせながら、夕月は顔をあげる。

「それは、例のシックスナイン?」

互いにそれを口で愛撫しあうという、究極のプレイだ。

「そうだ。早くしろ」

「でも…」

せっかくいまは自分が主導権を握っているのだから、逆らうべきか、夕月は一瞬迷う。

しかし、誘惑には勝てずに、おそるおそる、腰を涼音の顔のほうに向けた。

「ん…」

「や、あぁっ」

涼音はパン食い競走のように何度かチャレンジした末に、夕月のものを口に咥えこむ。

その無秩序な刺激のせいで、ちゃんと咥えられるまでこらえきれずに、夕月は股間にまで蜜をしたたらせてしまった。

「もうっ…、いじわるはいい加減に…」

「目隠しされている上に手まで縛られているのだから、仕方ないだろう」

思わず腰をあげる夕月の先端を舐めながら、涼音は言い訳するが、かなり怪しい。

お返しとばかりに、涼音のものに軽く歯を立ててやると、それはグッと伸びて、夕月の喉を突き上げた。

「んんぅっ」

苦しげに腰をくねらせると、涼音が低く笑う。

「自業自得《じごうじとく》だ。おまえのほうこそ、おいたは、ほどほどにしておかないと、あとでひどい目にあうぞ」

そう言って、少し顔を浮かすと、涼音はふたたび夕月のものを口に含む。

「あ、はぁ…っ」

熱い舌と上顎に挟まれて、たくみにしゃぶりあげられる。

「も、やっ」

這いまわる舌の先で、感じやすいみぞをつつかれると、夕月はもうなにも考えられなくなった。

けれども、熱い欲望が迫《せ》りあがり、頂点に達する寸前に、涼音が顔をそむける。

「ひぁっ」

「夕月…」

切羽詰《せっぱつま》ったような、甘く掠れた声で、涼音が呼ぶ。

「キスしたい」

誘うようにささやかれて、夕月はつい素直に従ってしまう。

「涼音…」

体の向きを逆にして、涼音の上にまたがり直すと、たったいままでしゃぶっていた涼音の濡れたそれが、グイと夕月のつぼみを突いた。

「やぁっ」

まだ受け入れる準備の整っていない夕月の狭いそこに、涼音が、しばられた両手をもぐりこませる。

そして、器用に指を動かし、かたくなな夕月のつぼみを、内側から左右に押し広げた。

「んん…っ」

涼音のものがずぷぷと中にもぐりこんでくるのを感じて、夕月は、こらえきれずに股間の欲望を弾けさせる。

「あ、あぁぁっ」

繋がったまま前に倒れこみながら、夕月は涼音にしがみついて、キスを求めた。

「んんっ、んんっ」

舌をからみつかせ、情熱的なキスをむさぼりながら、夕月は中をいっぱいにしている涼音のものを、きゅうきゅうとしめつける。

「夕月…、頼むから、目隠しを外してくれ」

キスのあいまに、涼音がささやく。

「…ぁっ」

そうやって、涼音に哀願されると、悦《よろこ》びに、夕月の体は甘く震える。

「顔が見たいんだ。夕月のイク顔が…」

「僕のお願い、もうひとつ、きいてくれたら」

涼音の胸もとにしがみついて、切なげに腰を振りながら、夕月は取引を持ちかける。

「なんだ？　おまえのかわいい顔を見るためなら、きっとなんだってきくよ」

奥までグッと夕月を突き上げながら、涼音は甘くささやく。

「たまには、僕にも、涼音のこと、いじめさせて…」

ペロペロと涼音の顔を舐めまわしながら告げる夕月に、涼音はうなずく。

「了解。たしかに、夕月にならいじめられるのもいいかな」

くせになりそうだ…。

そうささやいて、うなずく涼音に、夕月は「約束…」と、咬みつくようなキスをする。

目隠しと腕のいましめを、もどかしげに外してやると、涼音は夕月の体を組み敷いて、激しく攻めてくる。

「んっ、涼音、好きっ」

「夕月、私もだ…」

痛いくらいにきつく抱きあいながら、ドクドクと熱い欲望を叩きつけあう。

「あっ、あぁぁんっ」

「く…っ」

はぁはぁと息を乱しながら、もう一度口づけ合う。

「Sでごめんね」

しがみついて、涼音の耳に咬みつきながら夕月がささやくと、涼音も同じように咬みつき返す。

「お手柔らかに頼むよ」

「それは、こっちの台詞!」

夕月は言うと、苦笑を洩らす涼音の、憎くて愛しい唇を、甘いキスで塞いでやった。

あとがき

こんにちは。オニを愛しキュンに生きる愛のおにきゅん戦士★南原兼《なんばらけん》です。本日はお日柄もよく、パレット文庫『Sでごめんね♥』をお手にとってくださいまして、どうもありがとうございました。

襲い受けと女王様好きな南原的に、夕月《ゆづき》は超ツボなので、ルンルンと書き始めたところ、敵《てき》の涼音《すずね》が手強《てごわ》いおかたで（笑）。なかなか夕月の思いどおりにはなりませんでしたが、そのあたりをじっくり楽しんでいただけると幸せです〜♪

この本で、愛の伝道の書も114冊になりました。既刊の奴隷《どれい》シリーズ『きみはかわいい僕の奴隷♥』『あいつはキチクな俺の奴隷♥』『きみは僕の恋の奴隷♥』、あんど涼音の弟でドSくんの静香《しずか》のお話『ルームメイトは美男で野獣♥』もぜひご一緒に楽しんでくださいね。

今回もお世話になりました、こうじま奈月《なづき》先生♥　キュンキュンキューンなイラストをいっぱいありがとうございました♪お体にお気をつけて今年もガンガン頑張ってくださいねっ。

担当の大枝《おおえだ》さま、この本の発行にあたってお世話になりました皆々様にも、心から感謝を捧《ささ》げます。

なんと、このたび、奴隷シリーズをドラマCDにしていただけることになりましたっ。祐《ゆう》介《すけ》と疾風《はやて》、花月《かづき》と竜司《りゅうじ》、そして我ら夕月くんの活躍を、素晴《すば》らしいお声と音の世界で、たっぷり堪能《たんのう》してくださいねー。できましたら『ルームメイトは美男で野獣♥』や、この『Sでごめんね♥』もCDで聴《き》きたいので、皆様ぜひぜひ応援してください。どうぞよろしく〜♪

南原関連のあれこれは、HP『おにきゅん帝国』のダイアリ他、メルマガ（多分これが情報一番早い）等で、チェキよろしくん。ではではまた笑顔でお逢いしましょう♪

愛をこめて♥　南原兼&108おきちく守護霊軍団

「Sでごめんね♥」のご感想をお寄せください。

♡おたよりのあて先♡

南原　兼先生は

〒101-8001　東京都千代田区一ツ橋二―三―一

小学館・パレット文庫　南原　兼先生

こうじま奈月先生は

同じ住所で　こうじま奈月先生